U0025848
安達與島村 6
入間人間
插畫／のん
Kadokawa Fantastic Novels

島村
因為是暑假，就到外公家玩的
有點少根筋的女高中生。
跟安達吵架和好後，
開始有點在意她。

我是因為釣魚最適合想事情才來釣[illegible]

但我有什麼事情好思考的嗎？

「……嗯……」

我沒來由地想起安達。

可能是因為我在小剛憔悴的睡臉中看到[illegible]

安達只要事情進展不符自己的期待，

就會擺出這種洩氣的表情。

我覺得那樣很好理解她在想什麼，很不錯。

自己的想法容易傳達給別人，

這一點其實意外重要。

安達她……怎麼說，

她不習慣跟人接觸，

也因為這樣，反而在人際交流這方面上保有新鮮感。

跟在人際關係中磨耗殆盡的我，處於兩個極端。

所以我有時候看她那樣會出於懷念，

產生想疼愛她的衝動。

『噯，妳拍一下傳給我吧。』
『……呃，咦？拍什麼？』
『泳衣。』
『……為……為……為什麼？有什麼意義嗎？』
「我的意思是想看看妳穿這件泳衣的模樣。」

「哈哈哈哈，謝了。」
「這件泳衣挺花俏的嘛。」
「妳想穿這件泳衣去哪裡？」
『……水療館。』
安達
體型細瘦，沒什麼曲線，
對島村抱著不該有的想法，
前往島村家想約她出去玩，
卻希望落空。

「妳怎麼了嗎？怎麼僵在那邊不動？」
「我在想……島村……好漂亮。」

「……謝謝。妳也很漂亮喔～」
「謝……謝謝。」

入間人間
插畫：のん

安達與島村 6

Kadokawa Fantastic Novels

「Bitter Sweet Memories」

『面對事情時，必須總是真心以對。不然，你的真心永遠不會刷新喔。』

記得長什麼樣子，卻已經不太記得名字的國中老師說過這種話，但感覺他這麼說的時候早就為時已晚了。那時的我沒有過去的影子，就像順著溪水流動，受到溪水研磨的石頭般圓滑，說得好聽點是心靈澄澈，難聽點是不會留心注意其他事物。只是讓時間毫不停滯地流逝而去——

我變成了那樣的人。

其實沒有什麼讓我變成那樣的轉機。只是環境從小學移到國中，在人際關係應有的樣態上逞強的同學也變多了。我想我只是適應了那樣的環境。

善意是從正面敲響心靈門扉的東西，惡意則是透過縫隙悄悄接近的東西。而內心天真，就會讓它有接近的破綻。若毫無防備地引誘事態惡化，不會有人施以同情，也不會伸出援手。大致在受傷之前，就會理解到這個道理。

所以我在被傷害以前，就填滿了所有心靈的縫隙。

這樣就不會有惡意透過隙縫前來，也不會有惡意從我心中傳出去。雖然感覺好像因為把門的隙縫填滿，讓我的好奇跟關注也跟著無法表現在外了，但不執著於任何事情不會讓我感到精神疲累，反倒很輕鬆。我就這麼以這種狀態融入了整體事態的潮流當中。

我認為這沒有好壞之分，它就是這種概念。
陽光變強就覺得熱，接近冬天就覺得冷。
純粹接受眼前變化的我其實就某方面而言，本性上沒怎麼改變。
所以我不曾對自己感到疑惑。
我想，今後的自己也一樣會是這個樣子吧。
我認為會是這樣。

我本來以為維持現狀就好了。
無論跟誰相遇、遇到挫折，或是希望遠離了自己。
我隱約覺得對這些事情窮追不捨是不好的，只要低下頭不去注意，疼痛跟後悔也會隨之淡去，變成一如往常的自己，而實際上，我至今就是用這種方式度過了各種狀況。
但跟島村的相遇，讓我不能再無視下去了。
而遇見島村以後，也無法維持現狀就好。
我完全找不到「照這個步調跑下去，就不用多加擔心」的要素。
根本沒有可以安心待著的地方，只能一直前進。
並非順其自然地前進，而是不斷地掙扎，以及掙扎。

我想接近視野可見的美好事物。
我深深懷抱「我就是因此才會過來」的想法，問她「我們一起來玩吧！」，結果——
「咦？辦不到辦不到。」
出來應門的島村很乾脆地揮手拒絕。
才剛問就被乾脆拒絕的我露出困惑眼神，島村就開口解釋：
「呃，因為，中元節我要去外公他們家。」
這是極為正當的理由。看來她不是因為我而拒絕，有點鬆了口氣。
原來也有在中元節時回老家這種事啊——跟親戚交流淡薄的我不熟悉這種事情。
「這樣啊……」
早知道先打個電話問過她再來了。但我有點害怕透過電話跟她說話。
前陣子在電話中的談話，讓我心生猶豫。
而且能像這樣見到島村一面，我也有點心滿意足了。我真容易滿足。
「嗯。順帶一提，我們今天出發。」
「啊，嗯……畢竟是中元節嘛……」
我只說得出不曉得想表達什麼的回答。還有，雖然跟現在談的事情無關，不過島村穿的上衣畫滿了蛋的圖案。破掉的蛋裡面不是跑出蛋黃，而是各種生物。哪裡有在賣這種上衣啊？
我想，思夢樂大概沒有這種衣服。

「你們會在那裡住幾天？」

我擦著手汗問。

「預定是四天三夜喲。」

她的語氣不知道為什麼像巴士導遊一樣。手掌也往外斜擺，連動作都很像。

「那……那麼，我可以……四天後再來嗎……」

我小聲說著，觀察島村的反應。島村「嗯」地一聲同意了。

「那就好。」

我這樣回答以後，島村就看著我的臉。然後像是察覺了什麼似的，多加了一句：

「啊……那我回來再打電話給妳。」

「我等妳。」

其實我甚至想在島村的房間一直等她。

島村就這麼觀察我的額頭跟脖子。她這樣是什麼意思？我困惑地微微扭動身子時，島村回頭往走廊後面走去。我抱著不知道她到底想做什麼的不安等她，不久島村就回來了。跟剛才不同的，是她並非兩手空空的狀態。

她手裡拿的是礦泉水跟冰淇淋。

「妳難得都來了，嗯……說是安慰獎會不會太難聽？」

島村拿著水跟冰淇淋思考。

「下次要再來獎……唸起來好不順。很熱獎（註：日文音同「很熱吧」）……這個又莫名其妙。」

她開始認真考慮這個問題了。明明島村平常不像會特別拘泥什麼，卻會在奇怪的地方變得很認真。我感覺她這不可思議的部分也吸引了自己。

「算了，是什麼獎都好。給妳。」

島村放棄找出結論，笑著把手上兩個……獎品？遞給我。

我的眼睛周圍猛然衝出一股溫熱。

即使不是面對不可思議的事物，也有這麼劇烈的反應。

說得直接點就是，我是被島村的一切給吸引了。

趁島村還沒對差點啞口無言地看她看到出神的我起疑，我輕摸了臉頰，整頓一下表情。

接著我收下礦泉水跟冰淇淋。這兩個東西都很冰涼，療癒了我流汗的手掌。

「妳握得那麼用力，冰淇淋會融掉喔。」

經島村這麼一說，我不小心慌了起來，差點就這麼把冰淇淋弄掉。

到頭來，我還是要稍微用力點握著，好支撐住冰淇淋。

「謝謝。」

我把寶特瓶跟冰拿在臉旁跟島村道謝，接著她緩緩揮手，說「不會不會」。隨後島村的父母走了過來，於是我低頭說聲「那我走了」，急忙離開她家。一到外面，原本消失的現實

又回來了。

面對島村時感受到的溫暖，被炎夏的高溫所取代。

即使如此，島村對我的關心依然化為逐漸消失的冰冷留在我手上。

我舉起寶特瓶。

隔著透明的礦泉水望向天空，就想起了體育館二樓。

一切都是從那個地方開始的。那讓我彷彿全身細胞都被替換掉一般，誕生了全新的我。

我不留戀以前的自己。

連昨天的自己都可以毫不在意地忘掉。

只要今天跟明天的自己能夠接近島村，就夠了。

我打開瓶蓋，喝起礦泉水。

這不是為了沉浸在回憶中，而是要替新的自己灌輸活力。

我大口大口地，把礦泉水像瀑布般一口氣灌進嘴裡。

安達家應該根本不會在中元節做什麼活動吧——我目送著安達離去時這麼心想。安達身上真要說的話，是飄著大都市的味道，說清楚點就是帶著被鋼筋環繞的氛圍。很潔白、乾淨，又冰涼。

就像這輩子都沒碰過泥土那樣。

……原來如此，可能就因為她是鋼筋，才容易變熱吧——我領悟了某種奇怪的道理。

「馬上就要出發了，去準備一下。」

「好——」

我回應母親的話回到房間，就看到社妹躺在被褥上。我判斷不出那是家裡的還是她帶來的，不過她用一副很珍惜的模樣舔著冰棒，臉上笑嘻嘻的。我一瞬間覺得她的頭髮比冰棒還要耀眼，差點就這麼陷入平靜的心境當中，不過我忽然心想她這是在我的被褥上做什麼，連忙抓住她的後頸。

就算只用我細細的一條手臂，也可以輕鬆舉起社妹。社妹在空中擺動著手腳，看向我。

「怎麼了嗎？島村小姐。」

「不是說好不在被褥上吃東西的嗎？」

「沒有啊？」

「啊，這是跟我妹說好的。不管了，反正從今天開始，妳也不可以。」

我把社妹帶離被褥再放開她，接著她就靠到我身上。她把我的腳當作椅背，讓我不能動彈，而我原地坐下以後，她就坐到了我的兩腳之間。雖然平時就是這樣了，不過社妹真的貼到身邊，也不讓人覺得熱。她身上的色調反倒令人有種涼快的錯覺。

社妹面帶微笑地遞出吃一半的冰。

Nya—
pyon!
Nya—

「要吃一口嗎？」

「唔嗯。」

我吃了她的冰。我在吃下去前看冰棒中間的顏色，就大概猜到是什麼口味了，是草莓口味的。

「好甜啊。」

「對吧。」

社妹不知為何一副驕傲的模樣。話說回來，給安達的也是草莓口味。

安達與島村草莓口味。

「…………………………」

感覺跟現在差不了多少。

先不管這個了，我捏了捏抬起頭的社妹臉頰。

「唔——」

我對她鬆軟的臉頰又捏又拉，同時望著她。

就某種意義上，最能輕鬆相處的人可能就是她了。該說不會覺得對她有責任，還是就算隨便怎麼跟她相處都通呢……總而言之，她很隨性。有人說過她跟我很像，大概是這部分讓人覺得像吧。

她給我一種平時總是掛著天真爛漫的笑容，對人也和善，卻有點像只是表面工夫，應該

說像是雖然不太懂情況，但總之先試試看的感覺。
不過，她悠哉的個性大概是本人就那樣吧。
「豪豪知（好好吃）～」
她不知道在說什麼。不過她的臉頰伸展性真好。也感覺不到皮底下有骨頭。
我隔著她的臉頰感覺到她正在享受的冰棒散發出的涼氣。
「啊，小社妳什麼時候來的？」
「小同學妳好～」
我妹流著汗回到家裡。雖說只是到鄰居家，但應該是因為搬魚缸過去才會流汗吧。她想在我們旅行不在家的這段期間，把在養的魚託給鄰居阿姨照顧。我妹很喜歡生物。
最近還養起這種奇怪的東西——我捏起社妹輕飄飄的頭髮。
她頭髮的觸感跟光輝，感覺可以直接用來做裝飾或手工藝。
「要不要吃一口呢？」社妹也問我妹要不要吃冰，接著我妹就往冰棒邊邊咬了下去。
她品嚐著冰棒的滋味，轉向我這邊。
「對了，姊姊，爸爸說再一下就要出門了。」
「啊，對喔。好好好。」
「哎呀～」我把社妹隨便丟到一邊，拿起準備好的包包。
這單純是回老家而已，所以幾乎沒有行李要帶。

如果是像日野那樣到國外的旅行，應該不只是把包包裝得很滿那麼簡單吧。
我確認房間門窗關好以後，就帶著妹妹前往玄關。
父母已經穿好鞋子到外面了。
「妳們很慢喔，喂。」
母親像個小混混或不良少女一樣催我們是正常現象，所以我只是很隨便地應付她。
穿好鞋子，然後——
「……好，走吧——呃，我是很想走啦。」
大家視線集中在舔著冰棒觀望我們的社妹身上。社妹毫不在意，繼續舔舔冰棒。
「喂～」
我不得已只好出聲叫她。社妹踩著悠哉的腳步過來我們這裡。
「怎麼了嗎？」
「不是啊，妳還問『怎麼了嗎』……」
社妹用她圓滾滾的雙眼看著我們一家人一起出門的模樣。她睜大的水藍色雙眼就好像地球儀。
那兩顆地球，正微微地輕柔顫動。
「大家要一起出門嗎？」
「對啊～」

我妹模仿社妹的語氣回答她。我也跟著點頭說聲「對對對」，要她回家去。

「喔～這樣啊。」

她好像完全沒有注意到。都不會因為周遭的人很匆忙，就很在意在做什麼嗎？

「這個家就由我來保護，所以各位儘管放心去玩吧。」

社妹似乎把場面氣氛往完全相反的方向解讀了。她高挺著鼻子，一臉很有幹勁的模樣。

說什麼儘管放心去玩啊。我強行把她丟到我家外面。

「為什麼～」

「雖然妳徹底融入我們家，都有點麻痺了，不過妳不是我們家的小孩。」

就算讓步一點，也頂多是暫時給鄰居阿姨照顧的寵物那樣的地位。

雖然讓她待在家裡，應該也只會吃飽睡、睡飽吃，不會做什麼壞事。

「我們會買禮物給妳，要乖喔。」

「我一直都很乖的！」

我妹摸著社妹的頭，擺出姊姊的樣子。社妹則在奇怪的點上激動起來。

而且隨便就跟她說好要帶禮物，沒問題嗎？

外公外婆的家可是現在已經很少見的「便利商店很少的鄉下」啊。

也幾乎看不到紅綠燈。人也很少，車也很少。

說到那裡究竟有什麼——

「……………………………………」

有朋友。

一個已經跟我有十年交情的朋友。

我是到什麼時候為止，都還能滿心歡喜地去見那位朋友的呢？

現在除了那份喜悅以外，還會有相等份量的失落在心裡擴散開來。

就好像在底下鋪滿石頭一般，甚至開始感覺到心痛。

「我等各位帶回來的禮物～」

「我們走了～」

我們在社妹目送下坐上車。老實說，我覺得這狀況真是莫名其妙啊。

搭上車後不久，手機就傳來震動。是安達傳的郵件。我打開來看她傳了什麼——

「這是怎樣？」

本文裡面只有一個愛心符號……不小心按到寄出了？

但是愛心不是會不小心轉換出來的符號吧？

像草莓一樣紅的愛心符號。

說是在祝我旅途平安……應該也不是吧。

「……嗯～總之——」

就乖乖收下這份心意吧。

我也來寄一個愛心給她。
回信後，我就靠上持續奔馳的車子。
從窗戶照進來的夏日太陽彷彿巨大的眼瞼，以純白蓋住了我。

「今天的安達同學」

我在猶豫要不要在郵件最後加上愛心。

我讓愛心顯示出來看看，就很驚訝地覺得……唔哇，好顯眼……

寄這種符號過去，島村不可能不會注意到。

馬上把它刪掉……啊，變成只寄一個愛心過去了！

第一話 「月曆的彼方」

我們往河川上游的方向，前去外公外婆家。途中可以在路旁看到的，大多是大大小小的溪流。而我們要去外公外婆家時，或許是因為季節的緣故，常常會是晴天，水面反射出的刺眼光線有時會令雙眼感到驚豔。即使是同一條河川，它所展現的景色也會隨著水流，以及時期而有所變化。

我說不定也多少長高了一點。我把手放在頭上，感覺到自己可能長高了。

我們從乾燥的鄉下，來到散發土壤香味的鄉下。

雖然在同一個縣內，周遭環境卻有很大的不同。

我們經過大角度的螺旋狀橋梁，又順著溪邊前行。當建築物變少，色彩單調的山間景色開始變多時，我們通過最後的小橋，這才終於抵達外公外婆的家。

外公外婆家的停車場大得誇張。甚至跟房子占地比起來，停車場還比較大。排水很差的土地正中間有著像凹洞的地方，裡頭還積著混濁的雨水，應該是前幾天下的。下車之後，明明周圍就看不到樹，卻從四周傳來蟬聲。是立體聲啊。

停車場跟房子之間有少許像是被黏貼在那裡的植物生長，成為一道牆壁。那片植物另一頭，就是外公外婆家的背側。要特地繞到正面玄關也很麻煩，所以親戚們來這個家時大多會從後門出入。進去的路上有間已經沒有在用，屋頂已經發黑的狗屋。我有看一下裡面，但裡

頭只堆著毛毯，不見狗屋主人的蹤影。我立刻離開狗屋前面。

在土壤上走著走著，腳邊傳來了一股溫熱與氣味。感受到這股燒焦般的味道，我甚至有種自己回來了的感覺。不曉得是不是腦袋變熱的影響，視野也變得像是有水一樣晃蕩。

「…………………………」

如果已經去世了，應該多少會聽到消息，所以我想牠一定還活著。

我想著牠去年已經顯得虛弱的模樣，跟在父母身後走過後門。

只是走進房內一步，空氣就變得有些涼快。

「我們回來了～」

母親隨意問候一聲後，馬上傳來了回應。

「你們來啦。外公現在正好到鄰居家去了，他一下就回來。」

說著出來迎接我們的是外婆，還有一隻狗。

牠原本癱倒在地，但我看見牠的瞬間，彼此都抬起了頭。

「小剛。」

我走過母親身旁，呼喚這個名字。

牠的牙齒露在外面，左眼有白內障。牠已經是隻重聽的老狗了，不過現在的牠很開心地搖著尾巴。我一蹲下，牠就撲到我身上抱住我。我撫摸牠放在我肩上的頭跟細瘦的背部，為我們的重逢做問候。我們只有這個時期才能見面，所以剛好是一年不見。

我把臉頰靠上牠刺刺的毛。

「唔~為什麼牠都只親近姊姊？」

我妹不服氣地嘟起臉頰。她的憤慨是來自類似飼育股長的矜持那種東西嗎？

「畢竟我們認識牠的時間不一樣久嘛。」

我跟牠從牠還小的時候被領養，到已經是老爺爺的現在——一直是朋友。

自從在彼此都還年幼時認識以來，我們已經有十年交情了。

「抱月一來，牠馬上就動起來了。看來牠光聞味道就知道了呢。」

如此笑道的外婆從我小時候到現在，都沒什麼變。她這樣也是挺厲害的。可是小剛沒辦法一直不變，牠長大以後變得很活潑，然後開始衰老。

牠還小的時候，會開心地跳著過來歡迎我。牠還曾因為開心過頭不小心失禁。牠現在的反應保守許多，但我希望我們當時的心情到現在都沒有改變。

以前外公家還有養另一隻狗，不過牠在兩年前去世了。我打算等等去掃墓……不過，我想我一站到墓前，又會再次對自己感到疑問吧。有一件事我實在想不起來。

「咦？抱月，妳把頭髮顏色弄回來啦？」

「好痛！」

外婆邊問邊拔我的頭髮。就算只拔幾根，會痛就是會痛。

「姊姊她終於不當不良少女了喔。」

我妹在那邊亂說話。染個頭髮就被當不良少女，我們家老妹真的是現代小孩嗎？
「真可惜，染頭髮比較好看呢。」
「咦？真的嗎？」
染頭髮以後，我從來沒有被人稱讚過。雖然美髮店的人有稱讚，但那是理所當然。
「沒錯兒。」
外婆面帶燦笑做出莫名其妙的保證。
看起來像是騙我的。
「喔，你們已經來啦。抱歉抱歉，不小心就聊太久了。」
外公從正面玄關走進家裡。除了外公以外，他身邊還跟著另一個老爺爺。那位老爺爺光是靠近過來，我就能聞到一股嗆鼻的土壤味。不知道是被曬黑的，還是原本就那樣，他的肌膚有些微偏黑，長出來的鬍子帶有的白色格外顯眼。他綁著藍色的頭巾，衣著也像沙漠居民那樣鬆垮垮的。虧他有辦法穿那麼厚的衣服在這種炎熱天氣下走動。而且我妹默默躲到了我背後，把我當擋箭牌。那是住在隔壁的老爺爺，她不記得了嗎？
「啊，是岩谷老伯啊～」
母親用有些孩子氣的語調回應。被叫喚的老爺爺眼角顯露笑意。
「這不是良香妹妹嗎？」
我第一次聽到母親的名字後面被接妹妹兩個字。

居然叫她妹妹。

「妳那什麼眼神啊？」

母親眼睛很利地發現我的反應。

「沒有，只是感覺很不搭。」

「哎呀～妳真囂張。抱月妳真囂張。」

母親從後面拉我的耳朵。接著，被我用臉靠著的小剛就對母親吠叫，進行威嚇。因為我把耳朵靠在牠嘴邊，牠這樣突然一叫嚇到了我，然後——

我又一次很感動地感到驚訝。

「嘿嘿嘿。」

「唔～」

我直率地為小剛站在我這邊覺得高興。理解到這一點的自己笑了出來。

母親放開我的耳朵後，就故弄玄虛地唔了一聲。之後我沒有多問什麼，她就擅自問說：

「那個啊。」

「怎麼了？」

「不覺得叫妳抱月月好像還不錯嗎？」

這跟剛才的情況到底有什麼關聯？

「抱～月月！」

「煩耶。」

這個當母親的到底在想什麼？

我們談著這些的時候，外公跟老爺爺不知道什麼時候不見人影了。

「他們說要找人湊一桌打麻將，就跑掉了。」

外婆傻眼地告訴轉頭尋找他們身影的我。看來他做問候時那挺奔放的態度依然一如以往。笑著笑著，就看到了小剛搖擺的尾巴。牠身上的毛皮已經衰老得鬆鬆垮垮，擺動的力道已經完全不比全盛時期了。

「……小剛。」

我再一次呼喚牠的名字，撫摸牠的背。我的心底感受到一股猶如心臟冒汗的濕氣。

我們也各自解散去放行李。我留下小剛，跟妹妹一起前往房間。我們被分到二樓的房間。爬上真的非常狹窄的樓梯後馬上就會抵達的那間房間，聽說原本是母親的房間。房內也是小到光擺一個不怎麼大的床就占滿了房間的長邊，而且沒有整理過。裡面還保持母親住在這裡時的模樣。

床腳旁的壁櫥還堆著當年的《少年ＪＵＭＰ》。

壁櫥的紙門畫有遙遠都市的夜景，把房內光線弄得稍微昏暗點後，再從床上觀賞紙門的夜景，心靈就不知不覺沉靜下來了。圖上有椰子樹跟海，說不定是外國的景色。至少，那兩種都是我的生活圈中見不到的東西。

「床還是一樣窄啊。」

因為是跟妹妹一起睡在這裡，會覺得床一年比一年窄好像也是理所當然。

我想比起我，我妹應該成長比較多吧。不是這樣的話，我會很傷腦筋的——我隔著衣服捏捏側腹。

「姊姊妳再瘦一點，床就會比較寬了。」

「哇哈哈。」

我對天不怕地不怕的妹妹好好地施以她應得的懲罰。

我不管倒在房內發出「…………………………………………呸噗」聲音的妹妹，回到一樓。我不經意找找小剛的身影，也立刻就找到牠了。小剛沉沉癱倒在通風良好的客廳角落一片陰影下。牠原本閉著眼，但我一蹲到身邊，牠馬上就緩緩張開眼睛。我揮揮手示意沒事後，牠又像是理解了我的意思般闔上眼皮。

氣氛變得寂靜，令人連傳入屋內的蟬聲都不會多加留意。

我有種只有小剛周遭的時間失去了色彩，在黑白色調中流逝的錯覺。

感覺像光為我們的重逢感到喜悅，就用盡了力氣。

這樣啊，原來你高興成這樣啊。

我大概也跟牠一樣。

我抱膝坐在小剛旁邊。我噤聲不語，甚至屏起呼吸，和牠分享同樣的空氣。

以前有兩隻狗，但現在只要小剛乖乖的，就不會聽到狗叫聲。兩年前去世的，是比小剛更早開始養的狗。牠也相當長壽。不曉得是不是因為我們認識的時候，牠已經是成犬了，所以我跟牠的感情是沒有像小剛那麼深厚，不過牠也對我敞開了心胸。

被告知牠死掉的消息時，我有哭出來嗎？

只有這件事我實在弄不清楚，怎麼樣都想不起來。

像是溫度，還有心裡的痛——明明可能透過這些因素得知答案，我卻……毫無頭緒。

被夏日高溫曬昏頭的我身上流出的液體，或許無法區分它是淚水還是汗水。

「……………………」

小剛確實已經很衰弱了。

去年看到牠時，我很擔心牠是否能撐到下一年。

在這份擔憂中，牠撐到了今年，那，明年呢？

小剛去世的時候，我會哭嗎？

光是這麼自問，心裡就積起一股灰暗的情緒，感覺要窒息了。

這就像無聊地看著沒有中獎的籤一樣。

接下來的三天，不管到鎮上的任何地方，都不可能遇到島村。這樣何等無趣。整個城鎮對我來說毫無樂趣可言，不會讓我心動。這種環境讓我毫無出門意願。

靜靜待在開了冷氣的房間裡，就會在意起時鐘上時間流逝的緩慢程度。我趴在桌上，不時換個姿勢承受現況。三天是很長的一段時間。要說的正確點，是跟島村一起度過的三天很短，她不在的三天很久，就這麼單純。我在彷彿侵蝕著身體的無聊與焦躁中，感覺到自己除了島村以外，真的是一無所有。這個事實本身是無妨，但是，島村不在就不好了。我的手來來去去的，猶豫著要不要打電話或傳郵件給她，又或乾脆放棄。

我不太敢傳郵件給她，怕傳太多可能會造成困擾，而且，也沒話題好聊。我的生活尤其到了假日會更加單調，沒有什麼事情可以特別提出來聊。甚至只要沒跟島村見面，就什麼事都不會發生。就算有見到，也只會落得行為舉止變得可疑的下場，就先不管這樣有沒有比較好了。

我從桌子上起身，看向掛在牆上的月曆。

唯獨標在島村回來那一天的標記，在月曆上顯得顯眼。雖然不用標也不會忘，不過我每看到那個標記，胸口就會有股疼痛。心裡的感情讓緊繃的繩子產生彈跳，持續抖動，一直無法停下，讓我無法繼續坐著。我不斷打轉。在房間裡不斷打轉。

我想待在島村身邊。

明明才分隔兩地一天不到，我卻迫切希望自己可以在她身旁。

徘徊到最後，我跳上床跪坐下來。我往前倒，把頭埋在棉被裡。

這樣眼前就一片黑了。有一段時間，我甚至想一直沉浸在這種沒有光明的環境當中。
現在則只是為了撐過這段時期，而閉上眼。
因為我已經知道張開眼會看見美好事物。
所以，我不再喜歡黑色了。
島村喜歡什麼顏色呢？我發現說起來，自己連這種理應知道的事情都還不知道。我對島村的理解依然存在許多漏洞，不過我有想填補這些漏洞的積極心理。既然不知道，就問問她吧。這下找到話題了，於是我伸出手。
『請問妳喜歡什麼顏色呢？』
我用郵件問問看。對同學講話為什麼要這麼客氣？我打完字才對這點感到疑惑。
我把手夾在跪坐的雙腿之間，左右晃著身體等待，不久就傳來了回覆。
『藍色跟白色吧。』
「啊，原來她喜歡這些顏色啊。」
我原本也預料她可能會說沒有特別喜歡的顏色，有點意外。
我回想起島村先前染過的頭髮。現在想想，她那樣的髮色也很棒。
早知道就多拍點照片了——我有點後悔。
現在的島村當然也很棒，我打算等她回來以後一起拍些照。
先不管這個。

藍色跟白色嗎……我打開衣櫃確認衣服，裡面藍色系的很少。白的更少。我決定要添購新衣服了。不過，穿島村喜歡的顏色的衣服，見面的時候我們穿的衣服色系會很像吧。會變情侶裝？等等，問過她喜歡的顏色還這麼做，用意是不是太明顯了？會不會讓她覺得我很奇怪？說其實我也喜歡這種顏色之類的敷衍過去……連衣服都還沒買，我就浮躁起來了。我感覺自己終於變重症病患了。

內衣應該不用特別講究顏色吧。畢竟根本不會出現刻意讓島村看內衣的情況……應該不會。一想像那類景象，我的腦袋就變得霧茫茫的，有股不禁想用頭去撞衣櫃的衝動。我實際上只用不至於說成是「撞」的力道把額頭貼上櫃子，不斷摩擦。

我做了只是在額頭上留下疼痛的事情冷靜過後，就抓起放在衣櫃一角，而且只穿過一次的泳衣……泳衣……要不要再去買一件呢？

怎麼辦？雖然應該沒機會跟島村去水邊玩了，可是——

我抬頭看向月曆的下半部。

暑假還剩下將近一半。而需要泳衣的季節就是夏天。因為不知道會從什麼事情演變成又需要用到泳衣的狀況，有先準備當然是再好不過。我突然這麼覺得。

幸好臨時需要支出對我來說不成問題。

當初沒有特別目的，只是想消磨時間才接的打工——賺來的錢也存了不少，但一直找不到用途。我原先沒有什麼興趣，沒有想買的東西。但我現在知道該怎麼用這筆錢了。

我最近學到在這種時候用就對了。

把錢花在刀口上——我實在覺得這種感覺很珍貴。

而現在快到那份打工的上班時間了，我沒有換別的衣服就直接出門。一離開家就迎面而來的蟬聲，感覺也收斂了一點。夏天已經快過完一半了。

今年夏天的前半段，是一段烈日焚身的痛苦日子。不論對身體，還有心靈來說。

夏天的後半段裡，到底有什麼東西在等著我？

我繼續踩著腳踏車踏板，流著一點也不令人享受的汗水抵達打工地點。我打工的這間中華餐館不知道什麼時候改了店名。外頭招牌上被新貼上一片窮酸的新招牌，企圖強硬更改店家印象。經營人、裝潢，還有餐點內容都沒有改變。我不懂這到底有什麼意義。或許是有什麼風水上的指引才這麼做，但我有股強烈的不祥預感。這種都做些沒有遠見的小變化的店家，大多撐不了多久。

我從店的後門進去，在更衣室兼事務室換衣服。

我穿上平時穿的旗袍，發現這件也是藍色系的。

島村會說這件衣服好看，可能也跟顏色有關。

我拉著裙襬走進店裡，店長就用企鵝的走路方式走了過來。

店長背後跟著一名沒見過的女生。

「雖然她只做這個暑假，不過就請妳多多指教這位新人了。」

店長說完，就開始介紹待在身後的女生。

她不曉得是不是因為年輕，跟我一樣被要求穿上了旗袍。她的旗袍跟我的不同，是紅色系的，上面有梅花圖案的刺繡。而且她跟我之間一個更大的不同，是她沒有特別表現出難為情的模樣。

也像是享受著平常不會有的穿旗袍體驗。

還有，她的腳好長。看起來長得太過頭了。

「請多指教，前輩。」

「啊，呃……好。」

我第一次有應該差不多年紀的同事。而且比我年長一點的店員也不知道什麼時候辭職了。雖然與其說是辭職，應該說只是被派到其他店鋪。

台灣那邊的人開的中華餐館有很多親戚。跟其他店借或出借店員根本不是什麼稀奇事。

就算有這樣的內情，也跟我這種受雇的人沒什麼關係。不對，可是也沒多少客人會多到需要增加人手的日子，為什麼要雇新店員？包括被隨便貼上的新招牌在內，這些狀況讓我感覺很亂來，是我太杞人憂天了嗎？不過，要是倒店了，也頂多是辭去這份打工而已。

要用在島村身上的錢（暫）早就存好了。

「那個啊那個啊。」

我聽到她叫我，就轉過頭去。我用眼神詢問她有什麼事，新人……後輩？她是沒有散發

出後輩的氛圍，總之她帶著微笑跟我說話。自己穿著的時候很難看出來，但旗袍的光澤好引人注目。

「妳身上沒有前輩那種等級的威嚴。應該說，妳年紀比我小嗎？」

她在確認年齡之前就先改用面對平輩的態度。看來她好像認定我年紀比她小。

即使我不說話，後輩也不離開我旁邊。

「唔～」

年紀大概比我大的後輩把手放在下巴上，一副疑惑的模樣。讓人好不自在。

「感覺好像在哪裡看過妳耶。」

……說不定，這時候多聊幾句，我們之間就會產生一些其他的故事。

搞不好稍微思考一下眼前這個人的事情，我們之間就會衍生出某些東西。

「我沒印象。」

但我完全不需要那種東西。

我拒絕她的交流，保持距離。我感覺她超過了待人友善的境界，像在裝熟。

這跟我和島村相處時偶爾會出現的淡淡舒適感相比，根本是雲泥之別。

島村基本上也是以柔和態度對待我。

我在接待客人的空檔中，思考兩者之間的差異。

可是我一開始想島村的事情，思緒就會立刻脫軌，冒出一股想像在腦袋裡四處亂竄，一發不可收拾。就算我因為這樣會不小心露出笑容，有特別注意要適可而止，腦袋裡也反倒愈會出現關於島村的事情。算是惡性循環嗎？等等，但是，陷入這種現象時的心情會很好。

隨後我的思緒接觸到炎熱得甚至令我暫時忘記冷氣涼意的東西，便實際體會到——

要具體表達主因很困難。

反倒感覺化作言語的話，會變得索然無味。

但這讓我強烈地——察覺對方一定要是島村才行。

桌上擺著來外公外婆家時一定會有的晚餐菜色。

是炸肉排。有炸豬排跟炸雞排。大概是因為這些是小孩眼中的豪華大餐，準備的份量非常多。還有，也因為在地的習慣，一定會佐以味噌沾醬。這些東西都讓人看了有種自己變回小孩的錯覺。

但一坐上椅子，就會發現連坐在對面的外婆，都比我還要嬌小。

「我開動了。」

我跟妹妹一起合掌說道。等我們放開手時，母親早已經開始吃了。母親像是回到童稚時期般大口咬著沾有味噌的炸肉排，對著外婆露出笑容。

看到她的表情，我就了解到這裡確實是母親的家。

是她度過幼少時期的地方。

「在老家真好，不用煮飯也不會怎麼樣。」

她心滿意足地說著。聽到這句話的外婆「喂」了一聲，出聲喝斥她。

「這樣小孩子的份都要被妳吃光了，稍微控制一下啊。」

「不不不。」

正常不是一定要因為實在吃不完，就可以留到隔天中餐嗎？

「對啊對啊。」點頭這麼說的外公也跟我們一起吃飯。小鳥胃的父親也一起緩緩搖了搖頭。要是社妹在這裡——那個食量跟身體大小不符的大胃王在這裡，說不定這樣的份量也能夠擺平。那傢伙有好好過生活嗎？有沒有偷偷跑進我家？從她在各種意義上會讓人視線一離開她，就開始擔心這點來說，她搞不好已經悄悄得到了等同我們家寵物的地位。

我一邊把味噌淋上炸肉排，一邊看向廚房一角的小剛。

小剛正一口口啄著外婆幫牠弄成小小塊的麵包。麵包的量少到可以用小鳥飼料來形容。牠以一副連動起下巴都嫌麻煩的模樣慢慢吃著，看起來也像是出於無奈才動口去吃。

牠以前可是只要給一些點心，就會吵著還要吃的吵鬧孩子呢。

話說回來，我覺得牠那種時候的表情……應該說態度或許很像安達。

安達是沒牠那麼吵啦……啊，不過，前陣子有點誇張啊。她講了很長一串，完全沒有整理出重點，全部糾結在一起，結果弄得我很難聽懂她在說什麼，但當下的氣氛實在讓我說不出「抱歉麻煩妳再從頭說一次」這種話，就含糊掛斷了電話。

她哭著說話，講得不清不楚的讓我非常難聽懂在說什麼，也稱得上是原因。

再說，她講的話在我耳裡聽起來是這種感覺：

『我！老厭襖尊害我誤知道呃地方嘔出要容！也老厭以嗯其搭人肩肘！我基望以只肩我呃肘！雞點也治，我噎很養玉啊！我依望襖尊很哀津呃職嘔，要呃職嘔，我噁以礙以嗯煙！我養要大樣！我喉好閧，好動股！我嘻直礙養襖昏呃治集，喊梆歐要……阿翁呃……我噎礙冷以搭驗襪欸我！以偶噁也武甕哀偶嘛，武甕嗯我捉襪嘛，我誤養要哄治我安邦變好以，以窩豪也……以一眼也無礙意我嗎？一眼也無味嗎？完圓無味？我味以捱窩無甕要嗎？只治恆友嗎？虎轟呃恆友嗎？我基望刺已無治虎轟呃恆友，幼萬以虎翁襖一眼也襖，我養恆回互虎轟呃……恆友……噯，襖尊，我哀很麼握捱襖？噯。襖尊，以有礙盯嗎？遊以應我窩襪。以應奧我呃嗯依有嘖麼養把嗎？味有嗎？以要窩味喊號棒津，捱治者麼歐襖，害窩有眼養把。我七晃以噁以有眼養把，捱治捉我誤哀集待呃種治？襖尊！我又治要襖尊啊，夥啊，又治養要嗯好尊待礙一幾。我誤瘀要襖尊以外呃人，誤瘀要……只要有襖尊又好。我陪有很任進喔，我只捉以武翁好一眼，好一眼何已啊。移哈人嗯本又無甕要，也誤瘀要，我依望大接人歐噁以混遠一眼，可治以為者麼要玉搭們大邊呢？遊以捱我呃邊，捱我呃邊，哀礙我嗯邊，無要移該我。不行，礙襖尊針旁呃只能治我，我基望治我，我講待礙妳針邊，害多妳浪我待在妳針邊……那呃女真是誰？我無楞識她啊。我誤養汗奧以驗層我無楞識的襖尊，我養咬野襖尊

的移界，也好厭有我誤養知道呃治情文在，可治我更襖厭刺己誤知道，味更難咒。會啃難咒，啃痛苦，啃動股……郝尊……我養問哩要無要一幾朱擄玩，也養玉億眼啊，我很養玉啊，可治襖尊為嘖麼味嗯搭個語針一幾句？為嘖麼跟她一起出去玩？好尊以驗礙礙打以嗯誰億以嗎？好嗔，好嗯……嗳，以有礙應？從夯才該紙就只有我愛窩襪啊。贏常呃郝尊歐味按我捉更窩襪吧？為嘖麼？劍在無降贏藏一樣嗎？我很集怪嗎？我很集怪……吧？這我以噎滋道，可治我講滋……道，我講滋道襖尊呃移界，變額襖集怪。我誤講按襖尊奔該一直按妳愛一幾，不晚人在哪以歐好佐味，我好一蹬紙沒有嗯襖尊驗變……了啊，我好養見妳，可治俺覺我劍在驗奧妳味估，而……也噌的在估，我億很害意很大個語針號狠樣，以有害盯嗎？比幾嗯我礙擠，妳比要起灣嗯搭擠嗎？窩不……襖……巴？哪裡互島呃？我味矮握呃，拜多以號促我，我倍矮握奧促我，我講道……由啊。郝尊裡……我有因為治襖尊……因為治襖尊才幾灣呃至情，又鑽有集搭人漲呃嗯襖尊樣也誤講，雖藍也葛能人嗯襖尊漲樣，嘿，我吳治……呃外咬，一硬要赤以孩行啊。所以我才講……驗……呃恨要好，月襖樣……我無治……集搭……害意……因……臉……容啊。我……以……較。妳誤……厭嗎？無味巴？襖……不……嗎？襖尊……灣誰？喜歡的……？喜歡……？什麼……害怕……為什麼……意陪……我。恆友……友……覺得……對這種……嗚嗚嗚……噎……襖尊……聽……聲音，聽……跟我……最了解我……解我的……人。了解妳……了解我……最了解……想變成最咬……解……可是……挫……妳重……特……想……事……島……襖……村……不一……不一樣……知道，可治！……期搭……背……背叛……背……叛……不會解決……該怎麼……島……襖……尊？電話……掛斷……電話吧？可是……想見妳。見上、見帳、見上……摸……的頭……咕、噫、唔、嗚、嗚嗚嗚……好……咬村……嗚嗚……嗚……嗚嗚嗚……』

就好像煮過頭的稀飯倒進耳朵裡一樣。

雖然已經過了好一段時間，但我現在才覺得好像有點對她太過分了。

我果然還是該鼓起勇氣問問看「麻煩再說一次」才對嗎？

「唔……」

我一邊咬著嘴裡剩下的炸肉排麵衣一邊煩惱。要重提這件事也很麻煩……假裝什麼事都沒發生過比較不會有問題吧。這麼做不是解決問題，而是把問題丟在一邊，負擔是會減輕沒錯，但我總覺得總有一天又要再次面對這個問題。

就像在學業上不認真的話，之後會很辛苦一樣。

再過不久，暑假就會結束，進到第二學期。

我想，今年肯定不會再有逃到體育館去的情形了吧。

安達大概也是如此。

「姊姊，變成味噌海了喔。」

「咦？」

被妹妹這麼一說，我往下看向盤子，眼前形成了一片味噌沼澤，炸肉排深陷其中。

「唔喔！喔！唔喔！」

我連忙把炸肉排救出來。帶著香氣的麵衣已經變軟爛了。

「喂喂～」

母親很幼稚地挑釁我。她向我招手，雙手不斷往內側轉動。

她握著的筷子甩出了好幾滴味噌。

「我覺得我不想變成妳這樣的大人，句點。」

「就算妳想變我這樣，也一定辦不到啦，嘿～！」

妳怎麼亢奮成這樣啊？在生氣之前，我先被她的態度弄得啞口無言。

「這麼說來，媽，妳之前說膝蓋狀況很差，妳還好吧？」

母親一邊弄得滿嘴味噌，一邊問道。我第一次聽說這檔事——雖然我不懂她這句「這麼說來」是怎麼來的。大家的視線聚在外婆身上。外婆咬著炸雞排，淡淡回應：「嗯，已經好了。」

「真的嗎？」

「年紀一大，全身上下都會出問題的啦。」

外婆敷衍地回答，冷淡地阻止大家追究這件事。

聽到這段話後，我看往小剛。

牠混濁的左眼，正看著廚房角落空無一物的地方。

小剛的狀況嚴重到根本沒有哪個部位是健康的。希望牠至少不會感覺身體有哪裡在痛。
身體愈來愈不能自由行動，過得很拘束的小剛，究竟想在現下的世界中尋求什麼？
是安寧，還是逃離痛苦？
又或是更積極正面的某種東西？
「……好鹹。」
說實在的，吸滿味噌的炸肉排，味道還是太重了。
而且盤子裡還剩下真的跟字面上一樣，是堆積如山的味噌。
「妳要把那些味噌用完喔，嘿～嘿～！不要用剩下喔，嘿～嘿！最後再把味噌舔乾淨也可以喔，嘿～嘿！」
「…………………………」
雖然這是自作自受，不過我也好想逃離這片味噌海。
我把泳衣跟手機擺在一起……認真看了看，就覺得這狀況挺莫名其妙的。
我輪流看向打工回家路上買的泳衣跟手機。要讓島村看看這件泳衣，問她好不好看嗎？
會不會有點蠢……還滿蠢的。很好，我成功在把事情搞砸之前做正確的判斷了。今天的我算得上冷靜。不過，我很在意島村對這件泳衣的看法這一點，還是沒有解決。

只要再一起去不用特地問好不好看，也能拿出泳衣的地方就好了。

……要約約看嗎？我往前彎下身子，把臉靠近手機。也沒道理說之前去過游泳池，就不能再去。我也有其他很多想去，還有想約她去的地方。

我也想跟她一起逛逛看夏日祭典。去水族館也不錯。也想跟她一起看天象儀。

以前被父母帶出去玩，看見了各種景象。卻無法好好表達自己從中得到的感受。

但感覺這次——現在的我，能夠更坦率地表達內心喜悅。

只要是跟島村一起，不論去哪裡都有意義，都有價值存在。我有這種確信。

所以我要打電話給她。我用力移動感覺快要逃開的腰部。

要是一直害怕下去，很可能又會錯失良機。

我不可能會忘記。當時那只能目送她離去的景色。光是回想起來，雙眼就變得昏暗，開始發熱。

夏日祭典。親密靠在面帶笑容的島村身邊的那個人——

她到底是什麼人？我好想知道。可是我不想從島村口中聽到關於她的事。我不想要島村跟我解釋她跟其他人有多要好。如果聽她解釋，我的耳朵可能馬上就會散發出銳利得像是被割開的高溫，把全身燃燒殆盡。我不可能保持平靜，也沒自信把衝動壓抑在心靈的水面之下。

要是又一次像那樣爆發出來，這次或許真的會被她嫌棄。我唯獨不想要事情演變成那樣。

我必須自制。但每思念島村一次，每遇到島村一次，湧出心頭的感情就會讓水量單方面地增加。那些感情湧出得愈多，就愈是扭曲，並在心裡畫下凌亂的圖樣。不能讓事情變得糾結，但選擇遠離她也是錯的。我缺乏拿捏這股力道的經驗。

我得知了以客觀角度來看，自己其實很幼稚。

這份稚氣催促我看往的，是只有一個顯眼標記的月曆。

還有三天。

現在的島村離我很遙遠，身在這副月曆的彼方。她現在在做什麼呢？

「……………………」

好想聽她的聲音。就算是透過講電話這種形式，我也想跟她有所聯繫。

我的手伸向手機。情感超越了內心的恐懼。

不過突然打電話給她也不太好，於是我決定先問她能不能打電話過去。

『請問可以打電話給妳嗎？』我寄了一封這樣的郵件，靜靜等待回應。

……所以我到底為什麼要用這麼客氣的語調？

「因此我現在在更鄉下的外公家。」

『啊，對喔。中元節妳要回老家嘛。』

太陽終於消失在遠方，緊接著來臨的是蟬鳴響盪的夜晚。我走在只存在聲響的黑夜中，

跟樽見講著電話。就算她問我明天要不要一起玩，我也只能回答自己現在在外公家，拒絕她的邀約。而被我這麼一說，她似乎想起了以前的事情。

『我還記得以前從妳那邊收到了什麼伴手禮呢……』

「有嗎？」

『嗯～還是沒有？畢竟我們這個縣沒有什麼特產嘛。』

「有吧～像是柿子跟香魚。還有……栗金團？」

雖然是自己住的地方，我卻只有外縣市的人會有的印象。我在狗屋前面蹲了下來。因為這間房子不大，所以我一隻手拿著手機來到外面，避免講話聲吵到人。手機還真方便啊。我腦中浮現像老人家一樣的感想。

『所以啊，我才會覺得我們縣真的是什麼都沒有……小島，妳有沒有過想去大都市的念頭？』

「嗯？唔……」

『像是想考東京的大學……不對，至少想考到名古屋的大學之類的。』

從樽見的問法跟語調中，可以感覺到她想去大都市。她是不是認為離開鎮上……就會有好處？我是不清楚啦，不過大都市似乎是個好地方。她也說過住附近的大哥哥大姊姊去了東京以後，就一直不回來。

樽見或許也跟其他人一樣，眼裡看著某種極具魅力的事物。

「我沒怎麼想過這種事情。而且也還不知道要不要上大學。」

我老實回答，她就非常驚訝地「咦！」了一聲。

『是喔？小島妳之後要直接工作嗎？』

樽見大聲說道。這就這麼讓她意外嗎？但我也沒有想要上大學念書。母親聽到我這麼講，應該會說「那就不要去」吧。

「如果找得到要在哪裡工作就會。然後我在想，應該留在本地工作就好了吧。」

到附近的麵包工廠上班怎麼樣？我喜歡麵包，那裡也有很多我認識的大人……重點可能不在這裡吧？不過我也想不到什麼想試試看的工作。我缺乏對未來的展望。

現在四周也是一片漆黑，完全看不到狗屋裡面的模樣。

根本沒有生物住在裡面。

「…………………………」

『喔～是喔……這樣喔。』

樽見的聲音在刺探著我周遭的環境。彷彿正在觀察未知物體的野生動物。

要是她辨識出這個未知物是什麼，會採取什麼行動呢？

我在看見她怎麼行動前，就先轉換了話題。

「話說回來，妳剛剛那是在要我買伴手禮回去嗎？」

『咦？不不不，沒有，不是啦，不是啦……不過，能收到伴手禮當然好啊。』

她發出聽起來很尷尬的笑聲。我不經意把手伸進狗屋裡，想摸摸看有沒有什麼東西。我在黑暗當中碰到一條毯子覺得奇怪，就抓住毯子，把它拉出來。

觸感沒有硬梆梆的，很柔軟。

我把臉靠近毯子去看，發現這是很讓我懷念的淡青色毯子。我以前買的毯子跟狗屋的髒污截然不同，非常乾淨。毯子有被好好洗過。洗好了以後，又被放在這裡。

我察覺了這點，有一陣子說不出話。放在已經不會再用到的狗屋裡面。

我不禁在這片黑暗的另一頭尋找外婆的身影。

『小島？』

「啊，呃，沒事。有找到什麼伴手禮，我再買回去。」

我講話變得很快。

『啊，不用啦不用啦，呃，與其說是想要伴手禮，應該說，呃，能見到小島的話……』

樽見講話速度也不輸我。

「見到我？」

『那個……想說能見到妳的話就好了，就這樣。該說光這樣就夠了嗎……啊，不，我好像講太多廢話了。嗯，講太多了。』

樽見這一長串不知道是自言自語還是反省的話，我有一半是左耳進右耳出，同時把毯子輕輕放回原處。

這是所謂的感傷嗎？

就好像有冷空氣竄進胸口的空洞，有些難受。

『感覺再繼續講下去會愈來愈糟，我就先逃了。』

樽見很有精神地做出莫名其妙的宣言。這實在不像該抱著積極態度說出口的話。

「我是不懂妳在說什麼啦，不過，那就再見了。」

『嗯。妳回來以後再見吧！小島！』

「好～」我平靜地掛斷電話。

而大約十秒後。

『請問可以打電話給妳嗎？』

我收到了安達傳來的郵件。我還真受歡迎耶——我在心裡開點小玩笑。

安達總會像這樣先徵求同意。我雖然在想她不會覺得每次都要問很麻煩嗎？卻也不討厭她這種似乎是尋求慎重的態度。因為我感覺這表現出了安達的為人。

我回傳『可以啊』以後手機就瞬間響起來這點，也有些讓人會心一笑。

我腦海裡會浮現安達跪坐在床上等待回應的模樣。

「妳好。」

『喂。』

感覺對話的順序反過來了。

『是島村嗎？』

「妳好妳好～」

我稍微拉長語調，重複一樣的話。不知道從哪裡傳來了我不知道是什麼蟲的蟲鳴。

『啊，呃……妳很有精神嗎？』

「要說是有精神，該說是講話講習慣了的關係？因為我到剛才都還在跟朋友講電話。」

我不小心就說出口了，不知道安達會不會又不開心……安達也真是個傷腦筋的孩子啊——我心裡稍稍冒出這種想法。

雖然我也好像不太有資格說別人，不過安達似乎比我還更不適合人際交流。這樣的安達似乎正為了跟我變得要好而吃苦，我是有些好奇她究竟是抱著什麼心境，才會變成在吃苦，但要是問了，感覺事情又會變得很麻煩，所以我不禁把這個疑問拋到一旁。

可是，如果她的不滿持續累積下去，很可能又會發生像之前那樣的事情。

人際關係就是如此耗費工夫的東西。

不過這也是理所當然的吧。畢竟面對的是些難以理解又奇妙的人。

『唔咕……』

我聽到了像是吞下什麼東西的聲音。那好像是安達大力吸氣的聲音。

就彷彿在忍耐著什麼。

『島……島村妳那邊怎麼樣？』

安達語調雖然有點僵硬，還是拋了新話題出來。這樣找新話題很不自然，卻也感覺她有所成長。

「妳說怎麼樣是指？」

『像會不會覺得懷念，還是空氣很新鮮之類的……我沒有這種經驗，不是很懂。』

「嗯……是覺得很懷念吧。」

我說了謊。

然後我逃離了存在於這道謊言背後的某種東西。

「安達妳今天都在做什麼？」

『我？呃，我今天去打工……』

「喔～真了不起。」

『之後在回家路上買了泳衣。』

「泳衣？妳不是有了嗎？」

我想起她在游泳池的模樣。那時安達的打扮挺積極的。

『是有了，不過……呃，想說再多買一件應該也沒關係。』

「是喔。妳是要去海水浴嗎？」

現在這個年紀不可能是跟家人一起去，而且她跟家人之間應該也沒有親密到會那麼做。

『沒……沒有……啊，對對對，有要去。我有要跟妳一起去。』
「咦？島村小姐我是第一次聽說耶。」
『我是在想……能一起去的話就好了，妳覺得……怎麼樣！』
這份亢奮到猶如狠狠來咬我耳朵的邀約，讓我暈了一下。
聲音也飆得很高——喔，這部分倒是一如往常啊。
「就算妳問我怎麼樣，可是我們那邊附近沒有海啊。」
『那……那就到河邊！』
「河邊喔。在河邊玩很危險喔。」
我曾被在河邊因為腳滑，結果頭去撞到石頭弄得滿頭血的人這樣叮嚀過。
『那……那就……池塘？』
要是這個也被我拒絕了，她接下來是打算邀我到沼澤玩嗎？
她好像非常堅持要到水邊玩。簡單來說，只要能穿新買的泳衣出來，到水療館也可以是嗎？她挑的新泳衣花樣就那麼好看嗎……這倒有趣了。
「嗳，妳拍一下傳給我吧。」
『……呃，咦？拍什麼？』
「泳衣。」
我語帶調侃地要安達拍泳衣以後，她雖然嘴上碎唸著「為什麼……」，也還是聽得見她的聲音漸漸遠去。

看來是去拍照了。她會這麼莫名老實，或許真的是想炫耀新泳衣。

我也把臉移開手機等她，過一小段時間，就有封附圖片的郵件寄來了。

那是一張放在地上的泳衣的照片。泳衣顏色是我喜歡的藍色。

嗯～我確實是要她這麼做啦，可是不對，我想看的不是這個。

「我的意思是想看看妳穿這件泳衣的模樣。」

『……為……為……為什麼？有什麼意義嗎？』

「再拍一次。」

我毫不理會安達的疑問，要求她重拍。問我這樣有什麼意義，我也很傷腦筋啊，因為我只是想誘導安達做出這種反應罷了。雖然這裡沒有鏡子，不過我知道自己正揚著嘴角。我就這麼有些壞心地繼續等她回應，接著就感覺到她淺淺的呼吸聲遠去。

看來是去拍照了（第二彈）。

我不知為何有些興奮又期待地等她回來。之後，寄來的照片和我期待看到的一模一樣。

「哈哈！」

比起泳衣，我對安達的表情比較感興趣。看起來像是想擺笑臉，但還是不敵羞恥心的感覺。她繃緊嘴巴忍耐著，眼神則是試著表現出笑意，瀏海也被因為緊張而流出的汗水弄得貼在額頭上，最誇張的是她還擺著奇怪的姿勢。她自拍時把左手伸直，又畏畏縮縮地彎著腰，

變得很像特攝英雄的變身姿勢。

明明是靜態圖片，卻感覺看得見她全身上下在顫抖。

「哈哈哈哈，謝了。」

道謝過後，就聽見一陣砰砰聲響。聽來像是敲打坐墊或枕頭的聲音。

「這件泳衣挺花俏的嘛。」

一說感想，砰砰聲又更大了。想像她是穿著泳衣這樣做，就更覺得有趣。

「妳想穿這件泳衣去哪裡？」

海邊？河邊？還是沼澤？我故意繼續調侃安達，隨後聽見她畏縮的聲音細細說出：

『……水療館。』

真的去那裡就夠了嗎？她的回答跟想像中的一致，讓我也只能笑了。

「那，我回去以後一起去吧。」

兩個女高中生一起去水療館，感覺會被人說是怪人呢。

不過我跟安達之間的關係，說不定就是因為這麼奇怪，才會一直持續下去。

我突然有這種感覺。

之後又閒聊了一陣子。我們難得有些聊開了。

等聊到口渴，周遭蟲鳴也變成鳥鳴時，我想應該正好可以告一段落了，就開口道晚安。

「那，安達，晚安了。」

聲音中意外滿溢著溫柔。我對連自己也沒料到的柔和語調感到些許困惑。

『晚……晚安。』

不知為何她的態度很客氣。我低下頭說「您別客氣」，掛斷電話，然後輕呼一口氣。

這樣啊，她買了泳衣啊。我思考起安達的變化。

我今天一天不時有在思考安達的事情。可是，卻完全無法料想到她會有那樣的行動。

她在月曆的彼端隨著時間流逝，逐漸改變。

在我沒有注意到的時候，太陽依然會西沉，人依然會誕生，會與他人相遇，會死去，世界依然會發生無可奈何的重大問題，遙遠國度的風車依然會旋轉，某個地方的自動販賣機會賣出可樂，深海的生物還是會悄悄過活。

改變、誕生，然後感到充實。

衰老、乾涸，逐漸消逝。

我對這部分不是很懂。

從由無知與天真綜合而成的孩童時代開始，就絲毫沒有改變。

我把手交疊在彎曲的膝蓋上，用臉蓋住手。我聆聽著小小的呼吸聲。

以前在這座狗屋前的那個年幼的自己，怎麼樣都無法跟現在的自己重合在一起。

所以，肯定不管再等多久，眼淚也不會流下來。

我聽到聲音，抬起頭。因為剛才壓著眼睛，視野有些模糊。

連原本就漆黑不明的夜晚，也變得朦朧。
安達寄了郵件過來。又是只有愛心的郵件。
「她是上癮了嗎？」
我本來有些煩惱要不要回應她，結果我也寄一個愛心給她。
啊……我的心正逐漸變淡。
我摀著胸口，開個小玩笑。我的心靈要是再更淡薄，會無法維持自我啊。
我聯想到晚餐的味噌海。如果心變得像那樣濃稠，一定很痛苦。
我不曾面對那一類事情的心靈，說不定比想像中的更脆弱。
就好像身體跟感覺剝離開來，連察覺這些變化的能力都變遲鈍了。
我放下握著手機的手。
眼睛看著空蕩蕩的狗屋，沉浸在鄉村的夜晚當中。
在外頭奔馳的汽車聲，令我想起了紙門上那大都市的夜景。

附錄「永藤無法來訪者」

我想說偶爾來驚動一下日野，就沒有事先知會一聲，直接到日野家。嗯？驚動？嚇唬？我搞混了，不過兩個應該是一樣意思吧，所以我決定不去深入思考這件事。簡單來說，只要會嚇到她，用哪個詞都沒差。

一走進通往日野家的竹林，氣氛就變了。竹林吸收了強光，讓穿過林間的風不會很熱。風柔順拂過肌膚的力道相當溫柔。

在竹林間的石板路上走著，就好像在撥開陽光後，所產生的平穩空氣中游泳一般。

這段涼爽時光在竹林景色消失的同時結束。出現在眼前的是充滿綠意，而且不只像有養烏龜，感覺還有養鶴的庭院跟豪宅。認真看過去，就覺得真的是間很大的房子。距離很遠，也聞得到高級木材的味道。看來不是因為日野很小隻，她家才會顯得很大。

我看到玄關有門鈴，便按了下去。

『來了。』

出來應門的是日野的哥哥。名字是……是叫鄉太郎嗎？

「您好～」

『哎呀，妳是晶的同學……』

他好像也記得我是誰。

「我是肉。」

講錯了。可是我已經開始忸忸怩怩起來了，也沒辦法現在才開口訂正。

『請妳稍等。』

可以聽到日野的哥哥往走廊盡頭呼喊。

『阿晶，妳朋友來了。』

『啊？』

是日野的聲音。這不是她心情好的時候會有的聲音。

『妳的朋友來了。妳——的——朋——友——』

「耶～」

我跟著「耶」了一聲。沒什麼特別的理由。

『你說朋友……』

「當然是我嘍。」

『啊，妳過來幹啥啊？』

「當然是來玩的啊。」

接著，日野立刻用小跑步跑到外面來。可惜她不是穿和服。

日野她穿浴衣也很好看的說。

「妳啊……妳該不會忘記了吧？」

日野搔了搔額頭，對我的來訪感到傻眼。我可沒忘記喔。

「我自己一個人也成功走到妳家了。」

「喔～喔～真了不起。」

「哈哈哈哈哈！」

被日野誇獎真叫人開心。大概比被其他的任何人誇獎還開心。

「……我可沒在誇獎妳喔。」

「啥！」

聊著聊著，就看見日野的媽媽快步走過走廊。日野媽媽總是穿著和服，家長參觀教學的時候也是那樣的打扮，所以很容易找到她。雖然感覺日野每次都覺得很難為情。

「妳家裡感覺好忙碌。」

玄關鞋櫃旁邊擺著兩種行李箱。才剛注意到，就又有傭人多拿了一個過來。日野看了行李箱一眼之後說：

「我們家中午要出發去威夷夏（夏威夷）啦。」

「是喔？」

居然是威夷夏。妳的皮膚已經曬成小麥色了，還要再把哪裡曬黑啊。

「我大概一星期以前跟妳說過要去旅行耶。」
「抱歉不記得了。」
「嗯～我想也是啦，畢竟是妳嘛。」
我有時候也會忘掉跟日野有關的事情。對我沒有好處的事情，我大多會忘記。
「從今天開始要去玩幾天？」
「六天。這個也跟妳說過了。」
「抱歉不記——」
「不用再講一樣的藉口了。所以，我沒辦法陪妳玩。」
「這樣喔。」
因為很熱，所以我決定先進門再繼續想。我坐到玄關裡面。
「話說回來，妳每年都會到國外去耶。」
「是啊。」
從小學一年級的時候開始，就變成慣例了。喔，我現在想起來了。
去年也是，她不在的時候，我日子到底是怎麼過的？
日野轉頭看向坐在玄關的我。於是我面帶強而有力的笑容，攬下一個職責。
「這個家就交給我顧了。」
「滾。」

我被趕到了外面。唔，大概是因為很忙，對待我的手法好粗魯。

但是，我也不好意思妨礙正在忙的日野，出於無奈，只好回家了。

我一邊學蟬叫，一邊走在路上。竹林裡也會有蟬嗎？正當我抬著頭這麼心想的時候——

「喂，永藤。」

日野用跑的追過來了。曬黑的日野在竹林裡被太陽光照亮的模樣，讓人強烈感受到夏天的氣氛。

「拿去。」

日野輕輕丟了一個寶特瓶過來。我也收下了這個冰得恰到好處的綠茶瓶子。

「玩回來以後再聯絡妳。然後……嗯，到時候馬上給我過來。不對，還是我去找妳好了。」

日野一邊回頭往家裡看，一邊這樣訂正。是到我家，還是日野家？

反正只要有日野在，到誰家都可以。

「就交給永藤同學我吧。」

「妳幹嘛因為這種事情擺出一副了不起的樣子啊？」

日野雖然嘆氣，卻也笑了出來。

「就麻煩妳帶伴手禮給我了。」

「我知道。我會買些零食回來。」

她知道要帶伴手禮。日野又用跑的回家了。我目送日野到她走進家裡，而她在最後轉過身來輕輕揮了揮手。我則是大動作地對她揮手。日野看我這樣先是垮下臉，然後改對我大大地揮手。我再揮得更大力，結果被無視了。唔。

我踏著輕快腳步離開日野家。不過——

「嗯，這下傷腦筋了。」

我順著竹林間的路往回走，不知道該怎麼辦。我也沒其他地方好去。就乖乖回家，躺在電風扇前面吧。日野會有六天都不在家。這樣腦袋會爆炸啊。

「喔？」

有個人從路的另一頭走來，晃著她的水藍色頭髮。我對她有印象。是偶爾會來我們店裡買東西的女孩。她用跟我差不多的感覺走著。而她也發現了我，直直盯著我這邊。

「…………………………」

「…………………………」

「唔喔喔喔。」

「喔喔喔喔。」

我們兩個同時跑了起來。然後「咚～！」地撞在一起。

水藍色女孩明明很嬌小，卻意外沒有跌倒，一臉若無其事。看來她下半身很有力。

「妳是賣可樂餅的人對吧？」

「大致說對了。」
「島村小姐跟小同學出門了，沒地方可去啊。」
「我也因為日野去旅行了，會很無聊呢。」
我們兩個緊緊相擁。
「嗚嗚嗚！」
「哇啊啊啊！」
我哭了一下後放開她。啊～好熱。這孩子體溫不高，但她不斷亂動，讓我覺得很悶熱。
「所以，妳很閒嗎？」
「是啊。」
掛著笑容的水藍色女孩沒有流出半滴汗水。她的髮色很淡，髮質也很柔軟。
很不可思議的是，她的髮色不像人工染的，卻也不知道能在大自然的哪個地方看見這種顏色。
「那要來我家嗎？」
「那就承蒙您的招待了。」
她沒有多想什麼就接受我的邀約。當然，我可是考慮了很多。
呵呵呵，帶她回家代替我看店吧。而且她也長得很像我們店的形象吉祥物。
「要喝嗎？」

我打開寶特瓶蓋，問她要不要喝，隨後水藍色女孩就撲過來接過瓶子。

她纖細的雪白喉嚨，感覺好像會透出流過裡面的茶水顏色。

於是我就在撿到了一個女孩以後，回到家裡。

「我今天找到一個不錯的叫賣員。」

我對站在店門口的母親介紹這位水藍色女孩。「哎呀，是幫家人跑腿的那孩子。」她對常客訝異地睜大雙眼。

「您好。」

嗯，很有禮貌。這樣應該可以接待客人。

「聽好了，水藍色女孩，妳只要一邊喊『很便宜喔～』或『很好吃喔～』，一邊拍拍手就好了。」

「什麼？」

「超～簡單。」

「不過妳連這點簡單的事情都不會就是了。」

我決定裝作沒聽見在裡面的爸爸說的這句挖苦。

「好，上吧。」我推了她窄窄的背部一把。

水藍色女孩站在展示櫃旁邊，拍拍她小小的手。

「大家過來喔！」

「喔，挺有幹勁的嘛。」

「很便宜喔，很便宜喔～」

水藍色女孩拍了拍雙手。她頭上掛著日野畫的吉祥物。愈看愈覺得根本長得一模一樣。

而且仔細想想，那個吉祥物跟肉也沒什麼關聯。

「話說，妳不是要去人家家裡住嗎？」

被母親這麼一問，我晃著裝有過夜用品的包包回答：

「日野說他們全家要去威夷夏。」

我好失望。

日野不在的話，暑假也變偏頗了。這個詞有用對嗎？

我是現代小孩，所以也不會特別去查。

水藍色女孩拍著手，同時抬頭看著在監督她的我。

「永藤小姐跟日野小姐很要好呢。」

「算是啦～」

我靠到展示櫃上，肯定她的說法。咦？我有告訴過她我叫什麼名字嗎？

「我也跟小同學和島村小姐很要好喔。」

水藍色女孩驕傲地挺著鼻子。她因為仰起臉而飄動的頭髮，就算在陰影下也仍然耀眼。

她好像很想炫耀自己跟她們很要好。

「喔～」

雖然不知道小同學是誰，不過會跟島村很要好，還真稀奇。

畢竟她雖然看起來待人和善，實際上卻不怎麼理會別人。她應該也不是喜歡我跟日野喜歡到不行吧。

「順帶一提，跟日野最要好的是我喔。」

這一點還是要先講清楚才行。

「唔……」

跟日野最要好，就像是我的特色，像是我的優點。

這樣的話，以後到日野家當傭人可能也不錯。

她願意讓我走後門進去工作嗎？不對，感覺她好像反而會強烈反對。

而且我有時候也不懂日野到底在想什麼。

之後，水藍色女孩一直幫忙叫賣到傍晚。因為她的髮色特別，招徠了不少客人。她會把愣得停下腳步的婆婆媽媽們帶到店裡來。我果然很有看人的眼光。還有，我也教了她一些跟朋友之間的正確問候方式。

後來她一副理所當然的樣子吃過晚餐，泡過溫度格外偏低的熱水澡以後，就回去了。我不知道她回到哪裡去，但跟她髮色一樣顏色的粒子，在我們店門口飄舞了一段時間。

「今天的安達同學」

我穿著泳衣跪坐在房間中央。一試圖開口，背後就流出大量汗水。

我抱頭蹲在地上，被後悔跟難為情的心情苦惱得不斷扭動身體。

妳要我穿泳衣的照片做什麼？妳要那種照片做什麼，島村！

是說那抽搐的表情是怎樣啊！太慘烈了！

那擺什麼表情拍照會比較好？我愈來愈煩惱了。

我不斷用額頭大力磨著地板。

第二話 「故鄉的狗」

其實我一開始並不想去老家。說是外公跟外婆，我跟他們也不怎麼熟，而且老家那裡沒有朋友又沒漫畫，很無聊，老實說我實在很不想連續三天過著那樣的生活。可是我明顯寫滿不願意的表情卻被無視，最後就這麼無法違抗大人們的意願，只好跟著去鄉下的外公家。

但是，我不情不願的心境，馬上就被翻轉了。

「哇……」當我看到那個軟蓬蓬生物的瞬間，無聊的鄉村馬上變得五彩繽紛。

我一伸手，牠就像是被吸過來一樣撲往我這裡。我們剛認識的當下沒什麼戒心，都把彼此當成玩伴，玩在一起。我跟剛來外公外婆家的小狗——小剛，才過沒多久就玩開了，還會互相舔臉頰跟鼻子。呃，我是不怎麼舔牠啦。

就小剛的角度來說，牠可能是因為周圍都是大人，就抱著類似「這傢伙看起來最弱」的心態接近我。我自己也是覺得比起待在後面的大狗，小剛比較好抱。那時的牠還很嬌小，毛髮也很細軟。我就這麼徹底喜歡上這個用我的小手也能抱在懷裡的小傢伙了。

而小剛也是看我走到哪裡，就跟到哪裡，頂多洗澡的時候會不想跟而已。牠還會鑽到棉被裡陪我，害我很擔心睡覺翻身會不會壓到牠，沒辦法好好睡一覺。結果我就貼著牆壁睡，最後落得體驗到生來第一次落枕的感覺。雖然發生過這種事，不過小剛依然是在這個鄉下地方裡陪伴著我的最佳好友。

那時只在外公外婆家住了三天，我卻對牠有了很深的感情，要回家的那一天我甚至不想跟小剛分開，哭著要任性說不想回家。仔細想想，那應該是我第一次哭著求人，而且在那之後，就再也不曾做過那種事了。

傷腦筋的父母有提議在我們家也養狗，但那不是我要的。

我要的是小剛。

我記得很清楚的是，當時外婆立刻察覺到這一點，說了聲「喂」輕敲母親的頭，罵了她一頓。也記得之後外婆靜靜對我說「妳也別哭了」。

這又低又沉重的一句話讓我不再繼續哭以後，外婆摸摸我的頭，說：

「明年也要來玩喔。」

被她溫柔地摸了摸頭髮，我想起自己一開始還抱怨不想來這裡。

我對她這份溫柔感到很過意不去，又哭了出來。

這次是另一種淚水接連湧出，流過臉頰。

因為眼淚跟口水混在一起而無法好好說話的我，就這麼跟外公外婆約好絕對會再來玩。

最後，我一把鼻涕一把眼淚地去抱抱小剛。

小剛也很開心地把臉靠過來。

當下的我很想永遠記住小剛那時的溫暖。

我不想忘記。

不管過了多長久的時光——

或是在夢裡，我都不想遺忘。

雖然這種狀況很常見，總之我夢到了這樣的往事。

「…………………」

我不知道自己是怎麼用客觀角度看待這場夢的。雖說夢裡的自己還是小孩，但我無法直視那毫無顧忌地大哭的臉。一種難為情，還有類似愧疚的某種東西刺激著我的胸口，讓我雙頰發燙。

我感受著睡覺時背部、額頭跟鼻子流出的汗水，緩緩睜開眼睛。意識清醒得很緩慢。好像被順順地推出夢境後，就朦朧地擴散開來一樣。我抱著輕微頭痛往窗戶看去，發現窗簾間的縫隙已經開始變亮了。看來現在是黎明時分。

睡在同張床上的妹妹則是縮著身體，像蟬一樣繼續沉睡。我下床的同時盡可能不晃到她蓋著的毛巾毯。我壓低腳步聲離開房間，避免吵醒她，然後走下樓梯。難得剛睡醒，卻沒有想睡回籠覺的慾望。但卻有別的煩悶感壓在頭上，於是我想吸吸外面的空氣，轉移注意力。

「……好癢。」

我抓抓手肘附近。昨天晚上被蚊子叮了好多次。也不管我正處於感到鄉愁又多愁善感的

時期，下手毫不留情。飛蟲沒有悠哉到會放過容易捕獲的獵物。

就算來到一樓，空氣跟聲響依然一片沉寂，似乎還沒有其他人起床。我避開寢室前面，繞去客廳，就看見小剛躺在電視旁邊。現在明明是夏天，牠卻裹著一條毯子，一動也不動。看牠這樣讓我很不安，我便蹲到牠旁邊，確定牠有發出輕微的呼吸聲才放心下來。小剛的睡臉很柔和。

我希望牠現在是暫時忘記了變沉重的身軀，安穩地待在夢鄉。

我凝視著牠，張開嘴巴。我想說些什麼，卻無法具體地說出口。

該怎麼完整講出我想表達的事情？我找不到答案。

就好像平常的安達一樣，只有一股心情在原地打轉。

結果我沒說出半句話，就離開了牠身邊。我逃往後門，穿上拖鞋走到外面。我沒有把門鎖上，但只是到房子前面而已，應該用不著鎖吧。即使是小偷，在這時間應該也還很睏。都醒來這麼久，我才打了個呵欠。

周遭沒有蟬聲，只有自己踩著停車場土壤的短短腳步聲聽來很單調。天空雖然再過不久就要被照亮了，卻也尚未完全抹去它昏暗的模樣。空氣也沒有特別涼快，而是彷彿昨天陽光的餘韻猶存，有些溫熱。以在灰色光景裡四處遊走的感覺來說，這樣的溫度極度符合景色給人的形象。

我對這個色調有印象。時間進到暑假，在異於往常的環境下也睡得很淺，就算不小心早起，也沒有其他人醒著。我無奈之下打算獨自安靜玩耍，卻有個活潑的身影跑來找人在外頭的我。那身影是小剛。當時牠立刻感覺到我的存在，陪我一起在停車場大跑特跑。

那是我妹還睡在有柵欄的床上時的事情了。

雖然其他景色已經不太記得，但我用臉頰磨蹭跑來找我的小剛那股觸感卻記得相當清楚。那時的我感覺胸口跟腦袋豁然開朗，興奮得猶如被純白的物體包覆著。

當時的我很高興。只是覺得很幸福。小剛跟我都很純真、無知，不可能去思考今後會發生什麼事。每年都一定會見到小剛，要道別的時候總是會有些想哭，即使如此，也永遠能夠很有精神地一起玩——我那時候認為這是理所當然的事情。

那樣的想法，到了現在卻是化作悲痛襲擊我的胸口。

我對小剛活著感到放心，同時也有種難受的感覺。

我不是要說喜歡牠。最喜歡牠也不太對。要牠過得平安也不是我真正想說的，而我也希望現在跟牠道謝還操之過急。那，我到底想告訴小剛什麼？這股持續累積在胸口跟喉嚨，甚至停在腦袋裡不動的鬱悶，究竟希望我用什麼方式釋放它？

不管我低頭多久，也不會掉出半點好主意。我抓亂睡到翹起來的頭髮。

有某種東西存在。

我心裡確實有某種害我覺得鬱悶，不讓我保持平靜的東西。

但是，我——

「喔，妳居然在這個時間散步啊。」

突然有人搭話，嚇了我一跳。對方也跟我一樣是「在這個時間」出來，而且我沒想到除了送報生以外，還會有其他人在這種沒多少人出沒的早晨出現。再加上，我也沒料到有人會正大光明地走進別人家的宅院裡面，悠悠哉哉地找人說話。

來的人是鄰居老爺爺。記得是叫岩谷吧。他頭上圍著跟昨天一樣的頭巾。

老爺爺揹著大包包的模樣，以及他的皺紋跟偏黑的皮膚，醞釀出旅行者的氛圍。看起來實在不像鄉下居民的鄰居。

「早安。」

我有些不是很想回話，但還是打了聲招呼。「嗯，早。」老爺爺沒有動搖。

「不過，這種時間比較沒有人，確實是比較好走呢。」

「是……是嗎？可能……吧。」

這一帶本來就很少人，所以我無法贊同。

「那，妳……啊～嗯，是他們的外孫女吧？」

「我叫島村。島村抱月。」

「這名字真有文學氣息啊。哈哈哈！」

老爺爺笑道。看到他的笑容，這才想起小時候好像有個姊姊會陪我玩。那個人正好會在跟我們差不多的時期來鄉下老家，而且會對等地陪跟我和小剛玩。從年齡來想，應該是這位老爺爺的孫女吧。

先不提這個，我有點在意一個東西。我看向老爺爺的手邊。

接著他像是等這一刻等很久了，伸出手強調那個東西。

「妳很在意這個嗎！」

「嗯……」

畢竟那樣的東西一般不會拿到外面來。

老爺爺手上拿的，是一個粗糙的茶碗。

我含糊回應他，隨後他就開心地展示起茶碗。

「其實啊，這是我孫女做給我的喔！」

「咦？」

「我孫女是陶藝見習生，她這次做了一個我專用的茶碗給我。我專用的！」

「啊……是。」

我知道是怎麼回事了。他似乎是想找人炫耀，才抱著茶碗在外面遊蕩。連蟬都還沒開始叫的早晨時分，卻有一個奇妙的老人一手拿著茶碗，在外閒晃。就各方面來說，感覺很多家屬跟外人都會擔心他。

「怎麼樣，有沒有感覺到隱藏在這個單調色彩下的知性呢？」

「呃，可惜我素養不高。」

我露出傻笑。

「放心吧，我孫女的傑作可是厲害到連無知的人都能了解其中奧妙！」

「這樣啊……」

我是不會生氣，但也收起了笑容。

「所以，這個釣竿就送給妳吧。」

「我不太懂這個『所以』是怎麼來的……」

住在這個地區的人（包含母親在內）講話都會突然接到不相干的話題上。然後他真的把帶在身上的釣竿拿給我。我雖然想著收下釣竿要幹嘛，卻也就這樣收下了。這是根塗上黑漆的樸素釣竿，總覺得之前好像看過這樣的東西。感覺像是價值三百圓的東西。

「妳就回歸童心，拿去好好享受一下吧。」

「為什麼是釣魚……」

自從去年陪日野釣魚以後，我就沒再碰過釣竿了。

「這不算什麼啦，只要用完以後幫我還給妳外公就夠了。」

「啊，原來如此。」

「想事情的時候，去釣魚是最好的選擇喔。」

我感覺被看透了心思，便抬起頭來，發現老爺爺看起來像不知道說了些什麼。

再加上他茂密的鬍子，讓人只能這樣形容他的講話方式。

「而且不做些什麼就認真思考一件事，就算很有幹勁，也會想到想睡覺啊。」

「啊～我懂我懂。」

就像我雙手抱胸地仔細思考某件事，結果過了五分鐘以後，人已經躺在被褥上了那樣。

「哎呀？」

老人伸長了脖子。他窺探著我的身後。

接著後門門上傳來某種細微的碰撞聲響，於是我回過頭。

那道模模糊糊的身影，告訴了我牠的矮小跟耳朵位置。我彷彿在競走似的快步靠過去，一打開門，出現在眼前的果然是小剛。牠帶著被睡意侵擾得無精打采的雙眼，抬頭看我。

「小剛——」

牠是發現我來外面，就醒來了嗎？是的話，那我真是做了件很對不起牠的事情。

像以前一樣追過來的小剛沒有撲過來。牠的左眼變得混濁，已經沒有半點活潑的樣貌了。低頭看牠，發現我的影子也在不知不覺間變長，長到能夠包覆小剛。

突然一股有如鼻子血管破裂的刺痛襲來。甚至有種不壓住鼻子，血就會從右邊鼻孔流出來的感覺。實際上，我也真的感受到鼻子周遭有水氣。

雖然那大概是汗水。

我對小剛現在的樣子有很多想法。可是這些想法一如往常地無法化成具體話語，不論想了多久，也不覺得有辦法表達出來。所以我蹲下來，摸摸牠的頭。

「小剛，早安。」

我換個思考，認為應該先打個招呼。小剛用喉嚨發出聲音回應我。

不過，這樣我就沒資格笑安達了呢。我如此自嘲。

「喔，小剛，你還活著啊。我們彼此命都很硬呢。」

老爺爺伸出手，想跟小剛握手。小剛沒有離開我的腳邊，也沒抗拒老爺爺用手抓住牠的前腳。老爺爺輕輕握過手後，便把手放開。

「雖然我從這傢伙來這裡的時候，就是老頭子了。」

老爺爺愉快地「喝哈哈哈」大笑，然後再一次問候小剛，說：「那再見了。」

老人與老狗的視線交錯，時間短暫靜止了下來。

以單純在早上道別的問候來說，這樣的問候有些太隆重，也太長了。道過別後，老爺爺便轉過身去。

他的背影很有朝氣。

一個精力旺盛的老人。

我不經意叫住那樣的老爺爺。

「請問——」

「怎麼了？」

老爺爺用溫柔語調如此催促，讓有些沉重的疑問意外得以順暢地講出口。

「變老是件很痛苦的事嗎？」

明明也不是問了會有好處的問題，我卻不排斥開口提問。

老爺爺晃著腦袋跟頭巾，「嗯……」地轉動雙眼。

「不愧是有文學氣息的少女，連問的問題都有哲學味。」

「什麼啊……」

我不禁這麼低語。老爺爺的回答才真的是難以理解，是種沒有內涵的文學。

「我收到孫女送我的茶碗，所以一點也不痛苦。這樣的意見能當作妳的參考嗎？」

他用澄澈無瑕的眼神回問。

「嗯，還可以。」

根本不能參考。我好像問錯人了。

「這種問題，就去問問妳想聽到對方答案的對象吧。」

老爺爺看了小剛一眼後，就用有些誇張的動作重新揹好包包。

「好了，今天開始，我要再去找寶藏了。」

「寶藏？」

「其實我也很想到海底找寶藏啦……」

老爺爺在最後不甘心地這麼自言自語後，就離開了。

每當那條頭巾隨著動作擺動一次，晨曦就開始若隱若現。

他對著逼近而來的光芒揮動釣竿。
要是把太陽釣起來就能讓時間倒流，我會怎麼做呢——我想著這種沒有意義的事情。
「就算要我問想問的對象……」
你聽得懂嗎？我歪過頭詢問小剛。
而小剛只是把嘴巴往前頂，瞇細雙眼。

「真的沒問題嗎？抱月。要不要陪妳一起去？」
我一說要去釣魚，就被以前曾撞到頭，弄得滿身血的外婆關心。
「沒關係啦。外婆妳不是膝蓋不好嗎？」
「嘰耶！」
外婆突然發出簡潔有力的怪叫，把腳往前踢。她的腿意外抬得很高。
在她連腳尖都用力擺好姿勢時，外婆突然壓著腿蹲下來。
「妳還好吧？」
「腳掌心這邊抽筋了。」
「……啊~嗯。不愧是媽媽的媽媽。」
有那樣的母親，又有這樣的外婆。我窺探到母親那種個性的根源了。

「好，現在好了。呃～那妳午餐要在哪裡吃？」

「傷腦筋。我是不覺得會到中午還不回來啦。」

我看看時鐘，距離吃完早餐還不到一小時。還有將近三小時才到中午。

「總之帶點便當去吧。我去做飯糰給妳。」

「謝謝。」

外婆用小跑步前往廚房，動作俐落地捏起冷飯。內餡是用豬排。

「我把飯糰跟水壺一起放到包包裡。這樣應該可以放到中午都不會壞掉。」

「沒關係啦，我會找有陰影的地方。」

我接過包包，看見有道影子在視線角落移動。一看，就看見白內障的眼睛正盯著我。

「小剛。」

靠過來的小剛用鼻尖磨蹭我的腳，好癢。「怎麼了？」我摸摸牠的背，隨後觀察著小剛狀況的外婆就像覺得刺眼那樣瞇起雙眼。

「小剛說牠也要陪妳去。」

外婆推測出小剛的意圖。我吞下「我知道牠想表達什麼」這句話。

「老樣子啊，牠想跟在妳後面到處走走。」

「……嗯。」

老樣子——這個「老樣子」是從幾時開始算，又能持續到什麼時候呢？

我心裡掠過一抹不曉得牠能不能走很遠的不安。以前覺得道路都長得沒有盡頭。但同時，我甚至也覺得我們不管跑到哪裡，都不會喘。

身高跟腳都變高變長的現在，會跟以前有相反的感覺嗎？

我俯視著小剛的期間，外婆把麵包弄成小碎屑，放到袋子裡。

「然後這個是給小剛吃的。」

「謝謝。」

「抱月妳餓了的話，也拿去吃吧。」

「……好……好喔。」

「哎～呀～我開玩笑的啦。」

外婆開朗地笑了。我晚了一拍才跟著一起笑，結果——

「我不是得癡呆症了喔。」

她馬上睜大眼睛，一臉正經地這麼強調。眼睛邊緣還冒出血絲，好可怕。

我走在玄關的途中，遇到了刷完牙的我妹。她的臉旁邊有水滴。

這傢伙跟平常一樣，只有擦到臉的正面啊。

「姊姊，妳要出去嗎？」

「那個。」

我指向立放在牆邊的釣竿。我妹看過去，小聲說：「要去河邊喔……」

「我也要去。」

「不行，很危險。」

我對妹妹伸出手掌心，拒絕她的要求。我妹當然是一臉不開心，但我不能帶她去河邊。意識著不能讓妹妹遇上危險這點，幾近是我的本能。

「可是小剛就可以去？」

「妳說什麼傻話。小剛年紀比妳大很多喔。」

牠跟我只差一兩歲……只差一兩歲。

我們年紀差不多，身體狀況卻大有不同——我對這個世界的結構感到少許類似憤慨的情緒。

「乖喔乖喔，那就讓我這個老太婆來陪妳玩吧。」

外婆把手放上嘟著臉頰的妹妹肩膀。我妹臉頰消氣了一點，疑惑地問：「外婆？」

「跟老婆子一起玩炸彈超人吧。來吧來吧。」

外婆催促我妹的語調聽起來很開心。其實單純是外婆自己想玩吧？大概是吧——我這麼苦笑。

我記得我好像也跟附近的大姊姊一起玩過。如果是隔壁鄰居，就表示是那個奇妙的大姊姊在做茶碗啊……她以前用色紙摺了很多東西給我，手確實很巧。她也曾用廣告紙跟傳單做很大艘的船給我。

「啊，抱月，帽子也戴著吧。」

外婆在帶著我妹離開以前，先是打開鞋櫃旁邊櫃子，拿出棒球帽戴在我頭上。這頂帽子是藍色的，外面有沾到油漆的痕跡。一戴到頭上，就聞到一股被太陽曬過的味道。

「還有……啊，陽傘。也要帶一下陽傘。」

外婆把櫃子最裡面的黑傘也拿出來，要我拿著。這是有蕾絲邊的女性用傘，應該是外婆在用的傘吧。我把接過的傘跟包包還有釣竿帶在身上，發現這樣行李實在有點多。

但每一樣都沒辦法說我不要帶。

外婆對我太貼心了。

「路上要小心喔。」

「嗯。回來我再陪妳玩。」

我用身為一個姊姊的態度對待我妹，她就說著「才不需要妳陪我玩」把頭撇到一旁。

「啊，這樣喔。」

這傢伙真不坦率。妳偶爾也像社妹那樣露出軟綿綿的傻笑……那樣好像也挺困擾的。

我走到室外關上門，嘆一口氣。

「她為什麼那麼溫柔呢？」

又為什麼有辦法那麼溫柔呢？

對我來說——對我這種一接觸到他人的貼心，就會差點忍不住低下頭的人來說，無法理解這一點。

「……走吧，小剛。」

我這麼催促小剛，一起出發。小剛早早就不敵炎熱天氣，吐著舌頭，不過牠還是踏著有些不穩的腳步前進。我一撐起傘，牠也立刻靠到我腳邊，躲到陰影底下。一跑起來，就會追不上對方——不知不覺間，我們這樣的立場逆轉過來了。

今天的蟬聲聽起來像是一層網子掛在天上。蟬聲非常規律，甚至聽著聽著，意識會變得朦朧。我搖搖頭驅趕這股朦朧，面向前方。

停車場裡，可以看到父親正一手拿著水管洗車。這裡比家裡的停車場寬很多，應該比較好洗吧。他原本背對著我們，但被洗乾淨的車子似乎映出了我們的身影，隨後他轉過頭來。

我差點就被還在流的水噴到了。

「妳要出門啊？」

「嗯。」

父親的眼睛看向小剛，接著再看往釣竿。

「偶爾也想喝喝鯉魚片味噌湯呢。」

「這要求真強人所難耶。」

「要我送妳一程嗎？」

父親有些得意地用下巴示意洗得乾乾淨淨的車身。我看一下小剛的臉，再仰望天空。

看見傘另一頭萬里無雲下的陽光後，我緩緩搖頭。

「沒關係，我用走的。」

「這樣啊。路上小心。」

父親回去繼續洗車。在洗車的他也已經滿身大汗，我都覺得他乾脆把水從頭灑到身上算了。隨後外公也過來露臉，我看到他面帶燦爛笑容對父親要求「我的車也麻煩你順便洗了」以後，就離開了停車場。

我經過來的時候走過的小橋，順著下坡路前進。我一直往下走，在途中又折返回來，下去河邊。我穿越剛才那座橋底下往山的方向走，正好跟剛才行經的路線交錯。實際體會穿過城鎮往山的方向邁進，就會覺得好像走在沒有人知道的祕密小路上一樣，情緒會有些高昂。我以前還會瞞著父母跟小剛一起出門。

來接我們的外婆滑倒的模樣，我到現在都還記得很清楚。

當時滿頭鮮血的當事人跌倒後還哈哈大笑，所以我當下沒有非常擔心，不過現在回想起來，事情還挺嚴重的。幾年後，我察覺就算不是我直接害她跌倒，她跌倒的原因也確實出在我身上，讓我學到了何謂罪惡感。現在我心裡依然有種類似後悔的感覺。

怎麼說……我算是個不溫柔體貼的人。遠遠說不上是超級大好人。不曉得是不是因為這樣，我相當排斥賣人情給別人。要是別人對自己有恩，就必須顧慮對方。

必須用溫柔體貼的態度對待對方。

可是，「必須展現」的溫柔體貼是錯誤的概念。因為前提條件會出現矛盾。持續重複這種錯誤，肯定會有超出負荷的一天，並對身心健康的生活產生不良影響。想要過更良好的生活，把人際關係當作潤滑劑是很重要的一環，但若是增進彼此交情的方式上有問題，就……該怎麼說。我感覺上是能理解，可是很難用話語詳細說明。我體會到自己平常沒有在用腦。

「我開始搞不懂了。」

我像是熱到開始頭暈了那樣，眼前一陣暈眩。我用手遮住半張臉，等待這陣暈眩退去。一看，才發現小剛也乖乖地在等我。不對，看起來也像是累了，正在休息。我蹲下來摸摸牠的頭，決定再多待一陣子。多虧外婆借我的陽傘，在夏日的太陽底下也意外不算煎熬。

「…………」

我俯視著即使待在這種地方，也依然一臉想睡，眼皮看起來很沉重的小剛。

如果——

如果我把小剛丟在這裡自己跑掉，會怎麼樣？

我不禁思考起這種事情。牠應該已經沒有體力跟力氣用跑的追上來了吧。小剛會慢了我很久才回來，然後咬我一口嗎？還是說，牠甚至沒辦法獨力回家，就累垮在附近，接著覺得口渴，最後嚴重缺水……光是想像那種結果，就很不舒服。

不知成因為何的汗水從我身上滴落，小剛扭動身子躲開汗珠，換到另一個位置休息。

「不要那麼排斥嘛……也是啦，一般都不喜歡這樣吧。」

我發出「嘻嘻嘻嘻」的乾笑聲。小剛連逃跑的動作都很笨重。

「嗚啦～啦～啦～啦～」我喊著沒有特殊意義的叫聲，低下頭一段時間。

「我們就休息到這裡。」

我在這麼宣言後站起身。沒有得出半個答案。

我沒能掌握自己的個性，連斷定自己就是什麼樣的人都辦不到。

自己真是有夠難搞的——我打心底感到麻煩。

我順著河邊前行。周遭開始看不見建築物時，腳底下也從被踩得堅實的土壤變為一堆小石頭。旁邊的自然景象愈來愈多，彷彿文明倒流，路也開始愈來愈寬。聞到的氣味從土壤的味道轉為水的味道。

蟬鳴變多，汽車的聲音變得遙遠，流水變得近在身邊。水聲不斷流動，把流出的汗水沖刷掉。

伸展到河邊道路上的枝葉勾勒出歪斜的拱門，化作屋頂。走在這樣的屋頂底下，融入夏日當中的綠色就滴落在我跟小剛身上。每當我踏上河灘的石頭，讓視線高度產生細微變化時，景色也會隨之改變。把吸收豐饒自然要素的空氣吸進身體，還會誤以為有什麼東西要發芽了。

我坐到往河川方向突出的大岩石上，垂下釣線。我悠哉地釣著魚，身體慢慢變得往前傾。我人在陰影下，石頭依舊會吸熱，即使隔著一層衣服，也會讓我的腳變熱。

這裡的風很舒服，於是我脫掉帽子，讓頭髮隨著河風飄逸。飄離頸部的頭髮順暢地隨風

搖擺，使我明明身在這麼炎熱的季節，卻感受到類似寒意的涼爽。甚至涼到會打冷顫。

小剛躲到傘底下，閉上眼睛靜靜待著。牠趴在岩石上一動也不動，看得我有時候會突然感到不安，不禁動手摸摸牠的背。用手感覺到牠雖然虛弱，卻也確實在呼吸後，我才放心下來。因為小剛睜開右眼看我，所以我再多摸牠一陣子才收手，之後牠又閉上了眼睛。聽外婆說，牠現在好像幾乎一整天都在睡覺。

小剛牠一直在作夢嗎？

說不定對牠來說，連來這裡的路程也不過是一段似夢非夢的時光。

「……啊，忘記帶放魚的水桶了。」

心情沉靜下來以後，才晚了很多拍地發現有東西忘記帶。我性格沒有狂野到會赤手抓著釣到的魚回去，只能放棄鯉魚片味噌湯了。反正應該本來就釣不到。畢竟釣鉤上也沒裝餌。這樣大概連社妹都釣不到吧。

我是因為釣魚最適合想事情才來釣釣看，但我有什麼事情好思考的嗎？

「……嗯……」

我沒來由地想起安達。可能是因為我在小剛憔悴的睡臉中看到了安達。安達只要事情進展不符自己的期待，就會擺出這種洩氣的表情。

我覺得那樣很好理解她在想什麼，很不錯。自己的想法容易傳達給別人，這一點其實意外重要。

安達她……怎麼說，她不習慣跟人接觸，也因為這樣，反而在人際交流這方面上保有新鮮感。跟在人際關係中磨耗殆盡的我，處於兩個極端。所以我有時候看她那樣會出於懷念，產生想疼愛她的衝動。

我是試過給她「也要跟其他人培養感情」這種極為理所當然的忠告啦。

但我總覺得安達不論是被誰這樣忠告，都不會落入人們普遍的做法當中。

畢竟她是戰戰兢兢地度過形成人格的幼年時期，到了現在才開始培養這方面的情緒。唯獨這部分跟學業不一樣，現在才開始學，也很難跟上其他人的腳步。反倒是略過了單純互動，直接被大量灌注他人已經固定的人格的安達，狀態才真的是不穩定，而近在身旁的我給她的影響當然更大。也難怪她會那麼黏我——我在柔和的風中理解到這一點。

甚至要是她說很愛我，其實也沒什麼好奇怪的。

而我的手機就好像安達正好要來表達意見一樣，響了起來。我從包包裡拿出手機確認。

「啊，不是她。」

是樽見打來的。我本來打算馬上接起來，手指卻停下動作。

我看向小剛。我們立刻四目相交，接著就感受到喉嚨深處有股騷動。

手機的聲音強烈表達著自身存在感，讓蟬聲聽來變得遙遠，鈴聲則闖到最前方。我覺得蟬聲好像在遠處低頭圍觀我們。在聲音的包覆下，後腦勺有種沉重、煩躁的感覺。

手機正在響。我僅僅是看著手機在響。

最後，我還是沒有接起電話。我在鈴聲停下前一直握緊手機，等待它不再響的那一刻。響完以後，我立刻關掉電源，把手機放到包包裡。

我怎麼會把手機帶來呢？

刻意無視來電令我大幅失去冷靜。內心陷入一片混亂。

可是……但是。

說不定……不對，不要用這種話打馬虎眼，若直視現實——

這肯定是跟小剛一起度過的最後一段時光。

所以……所以——我有些像在找藉口似的，重複同樣的話語。

這種行為能說是誠實嗎？

「你怎麼想？」

我向一旁的小剛徵求意見。小剛一臉完全不懂的模樣，乖乖待在原地。

以前我們只要對上眼，就會立刻跑跑跳跳的。我們太高興、太開心，於是兩個人一起興奮地亂跳。

現在則是雙方都沒有任何動作。以前四處奔跑時感覺到的強烈空氣流動，跟現在的我們幾乎無緣。

無止盡的風吹在身上，我不禁發抖。

我緩緩把視線移向遙遠的景色。

「小剛你也長大了呢。」

胸口、喉嚨跟眼睛底下，被自己說出口的這一句話勒得很緊。

我被勒到無法呼吸，且有種緊繃到極限的東西竄過眼角。

這是怎麼回事呢？

原來自己出什麼狀況的時候，身體會像這樣變得很僵硬嗎？

河川也不對我的變化產生反感，依然沉穩地流動著。

天空，以及水也是。他們絲毫不理會狹縫中的我們，甚至帶有種殘酷無情。

我無法做些特別的事情。

也無法延續小剛的生命。

就算看見無數次夢境，現實仍然只是溶解在夏日的炎熱當中。

即使如此，還是能透過這段時光留下些什麼嗎？

小剛的夢境裡，會出現光芒嗎？

我垂著釣線，臉頰被河邊的風吹得冰涼。我繼續思考。

繼續思考。

我沒有釣到半條魚，根本沒東西可以帶走，就這麼從來這裡的路回去。

小剛的腳步從中途就明顯變得笨重。所以我們一起在路上坐下來休息，打開便當。小剛把我的手當成盤子，吃著上頭的麵包粉，牠這樣彷彿身軀巨大的小鳥。看到牠以前吵著要吃點心的嘴裡沒有牙齒，我壓低了視線。

我們步調緩慢地花了很多時間，逆著河流方向返家。

一回到外公家的停車場，就發現不只是父親，連外公都跟他一起洗車。看來外公的車到頭來還是決定兩個人一起洗。這樣正好可以找外公，於是我走過去把釣竿還給他。

「外公，這個。」

「妳回來啦。這是怎樣？」

一手拿著海綿，身上滿是閃亮汗水的外公表示疑惑。哎呀？

「鄰居要我幫他把這個還給外公。」

「我有借他嗎？我是不記得啦，不過那傢伙的記性感覺比較好呢。謝啦。」

外公一邊道謝，一邊收下。之後我感受到父親的視線，就讓他看我兩手空空的模樣。

「沒有鯉魚喔，鯉魚。」

「太可惜了。」

父親搖頭嘆氣。我有時候搞不懂他到底是不是認真的。

我在走往後門的路上，看了狗屋一眼。小剛跟很在意狗屋的我不一樣，看起來絲毫不感興趣。那間狗屋是給比小剛早開始養的那隻狗用的睡鋪。小剛跟那隻狗之間建立了什麼樣的關係呢？牠看到那間狗屋，會不會覺得寂寞呢？還是說，小剛已經……忘記牠了呢？

我肩負著類似疲勞的感覺，打開後門。

開門後最先聽到的是一陣尖銳笑聲。

「噫嘻嘻嘻，輕鬆獲勝、輕鬆獲勝！」

人在客廳電視前的外婆正詭異地晃著肩膀。一旁則是說著「唔～根本贏不了」，明顯嘟著臉頰的我妹。外婆似乎不會手下留情。

「我回來了。」

「喔，抱月，妳回來啦嘻嘻嘻！」

她轉過頭來也還在笑。她緊握著手把，發出嘻嘻嘻的笑聲。這樣很可怕耶。

小剛在我脫鞋子時進入家門，低下頭休息。尾巴也垂下來了。我不禁對牠虛弱的背影慰勞一聲「辛苦了」。小剛慢吞吞地移動到房間角落，把毯子捲在自己身上，癱倒在地。那條毯子也是我以前買給牠的。一條毯子用了這麼久，牠也真愛惜物品。

我一坐到我妹旁邊，她就從旁邊敲打我的頭。我開口抱怨很痛之前，我妹就先躺到我身上了。

我妹沒有多說什麼，直接在我的腳上擺動身體。

「幹嘛，妳這個撒嬌鬼。怎麼了？」

「少囉嗦。」

為什麼是妳生氣啊。我痛得皺起眉頭時，聽見了外婆的笑聲。

「呵呵呵，抱月真受歡迎。」

「會嗎……」

「一點也不。」

我妹不知為何出言否定。我用手指撥開躺著的妹妹的頭髮，讓她露出耳朵，並拉一下。

「噫呀！」

「便當妳有吃嗎？」

外婆一邊操作手把，一邊問道。

「嗯。」

「會餓嗎？還會餓的話，我去把炸肉排加熱一下。」

「嗯——」

我隔著衣服摸摸肚子。

「沒關係。」

「這樣啊。要是肚子餓了，隨時跟我說。我有買艾草糰子當點心。」

「……謝謝。」

我不再繼續拉妹妹的耳朵。「妳幹嘛啦～」對於這樣的抗議，「咕唔！」我採取的行動是壓住她的頭。

外婆的語調和行動，都充滿了慈愛。接受這般對待的我，則把這些視作一種溫柔。

為什麼呢？我心裡充滿無限疑問。

「噯，外婆。」

「怎麼了？」

「要怎麼做，才能變得像妳那樣溫柔體貼呢？」

炸彈在畫面裡面爆炸了。

外婆把注意力從操作手把上移開，轉過頭來。

「抱月？」

「啊，沒有……只是……」

被外婆直直凝視著回問，就覺得好尷尬。

外婆則是就這麼一派輕鬆地回答我的問題。

「畢竟分開以後，可能就再也見不到面了嘛。那當然會希望能做多少，就做多少啊。」

外婆能夠不虛張聲勢或擺出得意的樣子，而是以理所當然的態度說出這樣的話。

這樣的見解，讓人感覺到外婆身為一個人的肚量。

這似乎是「一生只見一次面」的概念。說起來的確就是那樣沒錯——論道理，我是立刻就懂了。

我該對小剛展現的，就是這種誠實態度吧。

但這種事情落在自己身上時，能不能老老實實地去實踐它，又完全是另一回事了。

我無法活得那麼乾脆。

我垮下臉。俯視著的視野中，有著閉緊雙眼的小剛身影。

「妳用不著問這個問題，也已經是個夠溫柔的孩子了喔。」

我的視線從小剛移回外婆身上。我開口否定。

「不不不，沒有啦。」

這就太抬舉我了。我自知自己的性格缺乏溫柔體貼。

該說是缺乏柔軟度，還是柔韌度呢。

外婆聽到當事人否定後，不曉得心裡是怎麼想的，這次改為全身都面對著我。

然後，她開口對我這麼說：

「抱月，妳在某些方面上太潔癖了。」

「……潔癖？」

我第一次被人這麼說，不知道該怎麼接受這個評語。

「妳不用活得那麼規規矩矩的也無妨啊。」

「……咦？」

我何止說不上規矩——

「可是我十五歲就被說是不良少女了。」

「放心，妳小時候是個好孩子。」

「那現在呢？」

「現在又更棒了。」

外婆靠過來，輕輕撫摸——不，是用力摸我的頭。

我的頭大力搖晃，視野沒辦法固定在一個地方。

「妳太努力跟周遭人保持平淡的關係了。有人跟妳特別親近，妳會覺得不自然。妳可是個誠實到很難想像是我們家小孩的孩子喔。」

先不管很自然地被貶低的母親，誠實？我誠實嗎？

我正好想起自己在河邊是怎麼應付手機來電的，弄得我腦袋一片混亂。

「我……不太懂。」

我也覺得這樣回答好像自己變回了小孩一樣。

外婆沒對這樣的我感到傷腦筋，自始至終都保持著溫和態度。

「抱月，把妳的號碼告訴我吧。」

「咦？」

「妳的手機號碼。我之後用手機拍照，再傳小剛的照片給妳。」

外婆擺出像艾草糰子一樣圓，又帶著微笑的柔和表情。

小剛——我不禁往牠那邊看去。

我明明沒在問題中提示自己要問的跟小剛有關。

卻好像心思全被看透了，讓我感到非常丟臉。

我妹不知道我內心如此糾結，一副很感興趣似的問：

「外婆，妳有手機嗎？」

「我有智慧型手機喔，智慧型手機。」

外婆一邊嘻嘻笑著，一邊從懷裡拿出手機，再像拿著小藥盒一樣舉著。不對，先不論藥盒是不是舉著給別人看的東西。

「好好喔～」

「等爸爸媽媽買給妳以後，再來跟老婆子我交換電話號碼吧。」

外婆露出笑容，我妹就大力點頭，說了聲「嗯」。

「抱月也是，等等跟我交換一下電話號碼吧。」

外婆「耶～」地比出大拇指。看她這樣，我馬上感覺肩膀無力。

「……耶～」

肩膀力氣鬆懈得恰到好處，讓我也忘了走路造成的疲憊。

接著原本舉著手機的外婆，換舉起遊戲手把。

「抱月也一起玩吧。」

「……嗯。可是手把只有兩個耶。」

「有集線器可以用，沒關係。」

外婆興奮地從支撐電視的台座拿出連接複數手把的用具。準備好以後，我妹就爬起來撿丟在一旁的手把。

「妳挺懂事的嘛。」

我一誇獎我跟外婆講話的時候幾乎沒插嘴的妹妹，她就對我吐舌頭。她有事沒事就想跟我作對這點完全沒有成長。所以我要撤回前言。

有人打開了寢室那一側的門。母親揉著眼睛打了個大呵欠，坐到我們旁邊。

「喔，原來妳在睡覺啊。」

「在睡覺。」

她後腦勺一露出來，就看到頭髮睡到翹起來了。她的翹髮既眼熟又很有個性。

應該說，她起床後的反應跟某人一模一樣。

「喔，是炸彈超人啊。好，我也要玩！」

母親的雙眼變得炯炯有神，舉手表示自己也想玩。外婆則對她抱怨：「要玩就早點說，這樣不是又要多忙一次嗎？」不過，準備用品的外婆雖然嘴上這樣抱怨，手的動作跟聲音感覺起來卻都很開心。

這樣的外婆跟小剛同時出現在視野裡，讓我的心跳跳得更快。

那是一種彷彿在期望改革的強烈節拍。我用手指追尋那道聲音，拍了拍大腿。

不論追著聲音到哪裡，都只感覺到體內熱情激昂，沒有找到任何令人不快的事物。
我好想一直用耳朵跟身體聆聽這道聲音，永遠沉浸其中。

發生了這些事情後，又過了兩天。
我們今年夏天回老家的行程也到此結束，離開了外公家。
回家時刻意繞遠路從正門玄關出去，就像是我們的一種習慣。
「外公、外婆，明年見。」
「別說明年，妳要每個月都來也行喔。」
外公說「沒錯、沒錯」，肯定外婆的話。
「會給零用錢就來！」
母親的夢話被乾脆地無視了。大家一起用「呵呵呵呵」的笑聲帶過這個話題。
之後——我對外婆帶來替我送行的朋友打聲招呼。
「小剛。」
我呼喚牠的名字。我抱住聽到我叫牠就抬起頭的小剛，把臉埋進牠的毛髮裡。
我記憶中的溫暖，跟現實感受到的溫暖重合在一起。
「小剛——」

我的聲音靜靜顫抖，後續話語就如退潮一般，說不出口。
我實在沒辦法說出「再見」兩個字。
有隻手摸著我的頭。就算不往上看，我也馬上就知道那是外婆的手。
「我會拍很多小剛的照片給妳的。」
她的語調中只存在著溫柔。
「好不好？」
「……嗯。」
我聽到這像是在勸導我的話後，壓低了視線一陣子。
不久後我站起來，母親態度輕鬆地拍拍我的肩膀。
「妳現在不會鬧彆扭了呢，真了不起～」
「囉嗦耶。」
我不悅地回應母親的調侃。還有，我妹正睜大了眼睛抬頭看我。
「嗯？怎麼了？」
「沒事。」
看起來似乎想說什麼的我妹，難得好像在顧慮一些事情似的不再說下去。
我有些在意，卻也沒有深究，直接往前踏出腳步。
要是轉頭看小剛，我可能又會過去抱牠，所以我刻意不回過頭。

我們從正門繞一圈，前往後面的停車場。外公跟外婆很理所當然地出現在後門。

「這樣根本沒意義嘛。」

我再一次大動作地揮了揮手，向他們道別。隨後便搭上父親洗乾淨的車。

坐到車上後，車子接著發動，我將身體倚靠在車子的震動上。

我感受到一種不知名，卻類似滿足感的感覺。

我思念起小剛。深深思念。

我沒能說出半句話。但是，那也是一種表達想法的方式。

斷然下定結論不是唯一解答。

懷抱著某種無法找到出路的心思，也無法吐露出來，卻依然想緊靠著對方。

我心裡也存在著這種熱情。

到家下車了以後，這股熱情影響到我的行動。

我朝著道路方向，像是要捏爛自己的肺一樣——

帶著全身的躍動，開口吶喊。

「喔……喔喔喔喔喔喔喔喔喔喔喔喔喔喔喔喔喔喔喔喔喔，喔，喔！喔！喔喔——！」

我不斷吶喊，直到腦袋開始因為缺氧而發出哀號。

叫到聲音跟喉嚨都沙啞時，我已經出現了很嚴重的耳鳴。累積體內的汗水一口氣流了出來，讓我變得好像被熱水灑了整身。不過，我的雙眼變得很清晰。我感覺眼底產生了屬於自己的太陽。

這太陽，把我的腦海照得閃閃發亮。

這時候先不管背後家人們的反應，我打電話給某人。

我一打過去就接通了，令我聯想到出來迎接我的小剛。

大概是因為這樣，我不禁笑了出來。

我用彷彿堆疊了很多顆乾燥石頭的嘶啞聲音，開口問候。

「啊，安達，我回來了。」

附錄「社妹來訪者10」

「外公外公，這附近有什麼有名的伴手禮嗎？」
我問了人在院子的外公，他馬上就回答了。
「伴手禮？這附近的柿餅很有名喔。」
「柿餅喔……」
好老成。可是小社很喜歡甜食，送這個給她說不定意外不錯。
外公一邊幫青鱂魚住的壺加水，一邊訂正剛才說的話。
「啊，夏天不是柿餅的季節。」
「啊，對喔。」
現在這個季節把柿子拿到外面掛著，感覺很快就會爛掉。
連人類在這種時候到外面呆呆站著，都好像要融化了。
「妳需要伴手禮嗎？」
「我想買點伴手禮給朋友。」
「這樣啊。」

外公把開在水面上的花弄掉以後，就走回來這裡。他直接往廚房的方向繼續走，我很好奇他要做什麼，就跟在他後面。

外婆在廚房裡用很猛烈的速度切蔥。

「要做什麼？」

「嗯，找點東西。」

外公打開冷凍庫來看。站在他後面，冷凍庫打開時外洩的冷氣就吹到皮膚上，好涼快。

「不知道還有沒有……」

外公拿出冷凍庫裡面的東西，放到地板上。外婆面露難色地說：

「找到了之後還請你收拾乾淨啊。」

「嗯、嗯。」

外公一邊滿不在乎地回應，一邊把魚排好。然後在找到放在最裡面的那個東西以後，露出笑容。

「果然有。我超厲害，記性超好。」

外公不知道為什麼有些怪腔怪調地稱讚自己，拿出保鮮盒。他從裡面拿起用保鮮膜跟紙巾包著的一個東西給我看。

「這是我冰起來放的柿餅。雖然是老頭子做的，不過妳覺得拿這個當伴手禮怎麼樣？」

「喔～」

冰得會黏在手上的柿餅因為被包起來了，看不出來長什麼樣子。

「哈哈哈！」

外公超得意洋洋的。外婆則是對他有些傻眼。

我帶著在這樣的過程中收下的伴手禮回家。我想要一回去就把柿餅拿給小社。但我發現我根本不知道小社住哪裡。每次都是小社過來我們家，所以也沒辦法聯絡她，哎呀，這下傷腦筋了——我困擾地在走廊上走來走去。

最後，我心想應該只要跟平常一樣等一下，她馬上就會過來了，於是我雖然靜不下心，還是決定乖乖等她來。我重複好幾次看了看冷凍庫裡的柿餅就回房間的動作。

時間來到隔天。到了早上，小社還是沒有來。

明明平常一天會看到她三次。

我很好奇她到底怎麼了，同時在走廊上徘徊，走著走著就被剛睡醒的姊姊發現了。

她睡到頭髮從後面翹起來，翹得超誇張的。好像獅子一樣。

「妳自己一個人在這邊開心什麼啊？」

反倒是姊姊的頭髮才翹得很開心吧。

「沒有，只是在想小社都沒有來……」

「妳叫她應該馬上就來了吧？」

姊姊一派輕鬆地說。

「怎麼叫啊～」

「我想想……」

姊姊打著呵欠往廚房走過去。本來還在想「啊～她根本睡昏頭了，沒在聽我說話吧」，結果她很難得地拿著一個東西回來了。她拿來的是蜂蜜糖的袋子。

「妳舉著這個袋子在附近跑跑看。」

「……跟小社一點關係都沒有嘛。」

「我之前這樣做，她就跑出來了喔。」

姊姊硬是把袋子交給我後，就走掉了。她走路左搖右晃的，途中頭還去撞到牆。我的姊姊在早上真的很不像樣。

先不管那個，真的有辦法用糖果釣到小社嗎？

再說，姊姊之前為什麼會拿著糖果跑？

我無法相信姊姊說的話，拿著糖果袋甩來甩去。可愛的小蜜蜂圖案若無其事地旋轉。

「唔……」

我就當作是被騙了，舉起糖果袋。明明也沒人在看，卻覺得好丟臉。

接著就舉著糖果袋在走廊上小跑步。舉起雙手到處跑，就感覺身體好像變得毫無防備一樣，讓人靜不下心。都還沒被外頭的太陽曬到，我就開始覺得臉好燙，好不自在。

我不認為這樣做會有人感應到什麼。

但我也無法抹滅掉心裡小小的「如果是小社，就有可能被引過來」的想法。
小社有著某種能力，可以突破這個星球的不可能的概念。
……咦？
事情發生在我跑到第三圈的時候。我聽到背後傳來另一個「噠噠噠」的腳步聲。
驚覺這道聲音的我轉過頭去。
小社就在我眼前。
她跟我一樣舉著雙手，僵在原地。
然後，我們對上了眼。
「喔～小同學～」
小社立刻往我這裡跑來。她大大張開雙手跑過來，我心想她都沒有要停下來的樣子，沒問題嗎？結果真的就像我擔心的一樣有問題，小社就這麼撞上我。「咕耶～」我們兩個一起在走廊上翻滾。小社的頭髮掠過我的臉上。
被她柔順的頭髮掃過，感覺連愈變愈多的濕氣都被掃掉了。
「喔喔喔～小同學～！」
「哇啊啊！」
小社抱住我，磨蹭我的臉頰。我看到她的臉頰被擠得上上下下的。
我搞不懂現在是什麼情況，感覺腦袋正一點一滴地變熱。

從小社那磨蹭著我的臉頰跟頭髮上，傳來我從沒聞過的香味。

我沒辦法形容那種味道，總之那陣香味鮮明地傳入了我體內。

還伴隨著像有某種銀色的東西附著在嘴巴上方的感覺。

我甚至覺得這種感覺跑到了鼻子，又跑到眼睛後面閃閃發亮。

小社突然不再磨蹭我的臉頰，好奇地歪過頭說：

「小同學不一起這樣玩嗎？」

「咦？我……我也要嗎？」

「我蹭我蹭。」

小社用下巴磨蹭我。小社到底是在哪裡學到這些的？

「我……我蹭。」

我配合小社的動作，稍微蹭一下她的臉頰。為什麼自己蹭人的時候只是一點小動作，都比被人磨蹭還要難為情很多呢？我的眼睛底下開始發熱，好像下了熱水雨。而我僵住不動的這段期間，小社仍然在蹭來蹭去。

她是因為見到我，所以很開心嗎？她會因為見到我而覺得開心嗎？

我一思考起這點，腦海又變得更加一片空白，感覺耳朵都要塞住了。

我們兩個躺在走廊上，就這樣持續磨蹭了好一陣子。

「妳回來啦，小同學。」

我們終於爬起來以後，小社絲毫不害羞地掛著笑容。好厲害。

而且她手上拿著趁亂拿走的糖果袋。

「呃，嗯。」

我決定不要深入思考她為什麼會被糖果釣出來，還有她是怎麼感應到糖果的。

「我有帶伴手禮回來給妳喔。」

「是好吃的嗎？」

唔。妳聽到有伴手禮的反應是不是比見到我還開心？

……雖然是很像小社的作風啦。唔。

「應該很好吃喔。來這邊、來這邊。」

我帶小社到廚房。姊姊正趴在廚房的桌子上。

沒有被翹髮卡住的頭髮散在桌上，看起來很像水母。

「喔～島村小姐～」

小社發現姊姊以後，就過去衝撞她。她直直衝過去，額頭正好撞到姊姊的膝蓋，撞到輕盈地在地上翻滾。我每次都覺得，小社好像身體不受重力限制一樣。

「啊～？」

臉上有桌子壓痕的姊姊爬了起來。嘴巴跟眼睛都半開著。

「好……睏……」

「還不是因為妳這個大呆子沒念書也熬夜。」

在清理流理台的媽媽勸罵姊姊。

「我陪人講電話講到很晚啊……而且每次要準備掛電話的時候，她又急著繼續跟我講話……」

姊姊像在講藉口似的小聲這麼說，同時又再一次癱倒桌上。就別管姊姊了吧。

更重要的是另一件事——我打開冷凍庫。我拿出一個放在盒子裡的柿餅。

這塊感覺連碰到它的手指都要結凍的冰涼物體，在這個季節是很令人開心的東西。

我拿掉保鮮膜跟紙巾，給小社看柿餅原本的模樣。

「好多皺紋呢。」

她說出跟她眼睛看到的一樣的感想。

「這是柿餅喔。」

「柿餅？」

小社表示疑惑。她果然不知道這是什麼，於是我輕快地張開嘴，想跟她說明這是什麼。

「這個還沒有退冰——」

「我咬。」

「啊！」

我才說明到一半，小社就往柿餅咬了下去。她快速咬了好幾次，咬掉冰得硬梆梆的柿餅。

咦咦咦——當我被她的舉動嚇到時，小社臉上浮現了笑容。
「好甜喔～這個甜得很夠味呢。」
她的臉頰跟嘴角都帶著笑意，一臉非常滿足的表情。小社真的很喜歡甜食。
「唔……」
雖然外表很夢幻，但感覺她要是實際出現在童話故事裡，會因為把人家家裡的點心吃光而被趕出門。
「妳喜歡嗎？」
「很好吃～」
「這是我的外公做的喔。」
明明也不是自己的功勞，我還是這樣跟她炫耀。小社則是咬著柿餅說「這樣啊～」。她面帶笑容仔細品嚐柿餅的甜味後，便用那雙漂亮的眼睛盯著我。
「小同學也一起來吧。」
「咦？」
小社舉起自己咬過的位置另一頭，一副在說「請吃」的樣子。
她應該是要我一起吃，可是這是結凍的柿餅耶。
結凍的柿餅也沒辦法撕掉一小塊，想吃就只能像小社一樣直接咬。咦？沒關係嗎？再說這吃法根本有問題吧——我的思考不斷打轉。我看看周圍，媽媽在打掃，根本沒注意我們在做什麼，姊姊又呈現水母狀態。只有我們看著彼此。

從窗戶射入的晨光，讓我的腦袋慢慢變得一片空白。

我像是靠近那道光的飛蟲般，輕輕咬了柿餅。

小社的眼睛、鼻子跟嘴巴，離我好近。

鼻子還近得只要臉動一下，就會碰觸到。

小社毫不客氣地大口咬柿餅，每咬一次，她的頭髮跟額頭就會來到我旁邊。

我喉嚨揪緊起來，竄過一陣類似緊張的感覺。

如果——

繼續用這種吃法吃到最後，會怎麼樣呢？

感覺嘴唇上這股緊張，會讓結凍的柿餅也跟著解凍。

「今天的安達同學」

接到電話以後，我急急忙忙地開始梳理頭髮。妝還沒化，衣服也還沒換。

要快點才行。我弄得身體的各種地方都打結堵塞了，心裡很焦躁。

但連這陣慌忙都只要跟我的心跳相契合，就會覺得很舒暢。

我委身於這股興奮情緒，感覺整個人要跳起來了。

去見島村吧。

第三話 「愛情錯綜」

「我從之前就在想，安達妳真要說的話，其實很像狗呢。」

「……咦？」

是嗎？

我急急忙忙趕來找島村，一見面也沒先問候，就突然被她這麼說。

因為我用最快速度騎腳踏車過來，自然會流汗，呼吸也很急促——可能是從這一點聯想到的。

我記得之前也曾被這麼說。

「唔……」

島村雙手環胸地煩惱著。連鞋子都沒脫的我，就這麼在島村家的玄關前面凝視島村。面對兩天還是三天沒見的島村，我腦海裡只浮現「啊……好漂亮」這種普通感想。或許是因為隔好幾天沒見到她，我感覺她充滿了朝氣。可是她的上衣品味依然很莫名其妙，像今天穿的就是只印著很大的三明治在上頭。

「還是不要好了。」

島村一副覺得很可惜似的閉上眼。她自己一個人煩惱，又擅自得出結論，我不可能有辦法讓這件事被輕鬆帶過。

「怎……怎麼了？」

「沒有，我在想啊，這樣做不太好吧。嗯、嗯。」

她又自己一個人點了點頭。她這段話根本不成說明，雖然她搞不好本來就不打算說明。

「妳這樣我很在意耶，超在意的。」

「會嗎～？可是～」

我完全不懂她是在謙虛，還是刻意引起我的好奇。

「沒……沒關係，妳就試試看。」

我連她說的那件事是否跟自己有關都不知道，卻也在好奇心驅使之下催促她實行。

就算只是多理解跟島村有關的一件事，都能帶給我確切的幸福。

「真的可以嗎？」

「儘……儘管……來吧？」

我刻意學之前的島村。但張開雙手這部分我實在無法照實重現。

冒出的汗水接連滴到皮膚上，這股觸感令我背後不禁抖了一下。

「那，來。」

島村手掌朝上，對我伸出手。她手上沒有東西。我對她會接著做什麼感到很緊張，不過她沒有更進一步的動作。

我靜靜等待事態發展。

這難不成是——

我戰戰兢兢地把手放上她的手。

也就是所謂的「握手」。

被當成狗跟她剛才說的話結合在一起，讓我身體愈來愈熱。

「嗯。」

島村不知為何看起來非常心滿意足。

「外面很熱吧。妳進來避暑吧，我也好熱。」

島村就好像結束了一種儀式一樣，帶我進到家裡。這種自我步調實在很有島村的風格——從我會為此感受到近似感動的情緒這點來看，我是否終於病入膏肓了？

我一邊為她毫不猶豫拿開的手感到惋惜，一邊脫下鞋子，呼喚那道背影。

「島村。」

我成功說出這個名字，而聲音也傳達給對方，令她回過頭來。

為什麼光是這樣的連結，就會讓我感覺到臉上露出笑容呢？

「歡迎妳回來。」

我一直很想直接對她說這句話。島村在一瞬間的眼神游移後，也露出一抹淡淡的微笑。

「妳真小題大作耶。我是這麼覺得啦，不過特地打電話說『我回來了』的是我嘛。」

島村以腳跟為軸心，流暢地轉過身來。腳步也很輕快、飄逸。

「我回來了喲～安達～」

彷彿燒起來的木炭爆開，碎片四散一般——

我確實感受到硬化的心臟其中一部分爆散開來，產生銳利的疼痛。

「唔……唔啊……」

冒泡了。手腕的血管有種血液冒泡的感覺。

撲通、撲通、撲通、撲通。心臟跟眼睛同時翻了過來。

島村正抱著我。

追然窩有……不對，雖然我有擁抱過她幾次，但這是滴億字……但這是第一次由島村主動來抱我。不斷冒泡，持續冒泡——

感覺好像要溺水了。我虛脫得像是肩膀沒了骨頭。我四肢無力的這段期間，島村的手撫摸著我的背。她的手指梳過我的髮間，動作相當溫柔，猶如要把我整個人束縛住。

一旦鬆懈下來，就覺得滿溢出來的血液泡沫快從嘴巴跑到外頭了。

島村的手往這樣的我背部拍了拍三次。

被她抱在懷裡，又被她弄得咳出聲。

「開點玩笑啦。」

島村極為乾脆地離開我，我無法徹底克制自己不發出「啊……」的嘆息。

「開……開點玩笑。」

我一邊鎮定內心動搖，同時打算跟著她開玩笑。結果我的眼前天旋地轉，要我這麼做有些勉強。

我壓抑著依然在冒泡的右手腕，卻也忍不住想問她：

「島村，妳是不是遇到什麼好事了？」

「嗯～？沒有啊。」

她語氣輕快地否定。

「我反倒是面對了會讓心很痛的現實呢。」

她有一瞬間低下頭，語調也沉了下來。不過——

「但是——」

不曉得她是不是把這段話的後續壓回了心裡，我聽不見她說什麼。

但把那段話收回心裡的島村，表情雖然哀傷，卻也很美。

我死命克制自己不去抱住那樣的背影，在走廊上走著。

一被帶到位在一樓的島村房間，待在房間裡的島村妹妹馬上就發現我來了，表情變得不太開心。接著嬌小的她快步走過我們身旁，離開房間。她很明顯不歡迎我。

老實說，我很怕面對島村的妹妹。因為她跟我很像。也就是說，我也能看透她在想什麼，只要用我對自己的看法為前提去思考，就能得知她心裡想的，絕不是我能欣然接受的事情。

她肯定在想「滾遠一點啦」。

「那傢伙也真叫人傷腦筋啊。」

島村露出苦笑。我無法當作事不關己地笑出來。但我不會退讓。

即使是島村的家人，有些事情我也不想讓步。

「我們才剛回來而已，還沒整理，別在意。」

「嗯。」

說是這麼說，也只擺著一個旅行用的包包，房間並沒有很亂。

島村把開著的電風扇朝向我。我低頭感謝她的體貼。

「我沒想到一打電話過去，妳還真的馬上就來了。」

島村伸直雙腳坐好，同時這麼笑道。我雖然急急忙忙地過來，但這對我來說也不是什麼特別奇怪的事情。因為我一直在等她，所以有種情緒一直在我心裡持續累積。就像彈別人額頭的手指會先縮起來不斷累積力量，我在這股力量遭到釋放後就飛奔到島村身邊，可說是相當自然的一件事。

「嗯……」

島村撫摸下巴，偷瞄我一眼。然後又一次伸出手掌心。

坐在一旁的我動作輕柔、緩慢地把手放上去。

「嗯。」

島村又一副很滿足的樣子。而我也總感覺心跳變得好快。

我這次直接握住島村的手，不再讓她離開。我們的手在夏天握起來有些太熱，不過就是透過牽著手，才得以在不看著彼此時，也感受到對方的存在。

島村沒有表現出想把手甩開的態度，於是我就這麼繼續待在她身旁。

電風扇不斷往沒有人的地方送風。

「那個……怎麼樣？」

「妳說怎麼樣是指？」

我有些煩惱該怎麼說。我跟這類事情無緣，沒有馬上想到。

「外公家。」

「嗯～這個嘛……」

島村把視線撇向一邊。她表現出不想深入討論的態度。

「一般般吧。先不提這個，妳有好好穿過泳衣嗎？」

她轉移了話題。我對於自己跟她的交情沒有深到她會願意跟我分享祕密，感到有些失望。

我到底該達成什麼條件，才能抵達那種境界呢？

但她說「有好好穿泳衣」是什麼意思？啊，是指在下水的時候穿嗎？

在房間裡穿泳衣拍照——不對，那就某種意義來說也是正確的穿法……吧。

光是思考這些，腦袋就開始發燙，沒辦法好好講話。我的回答變得含含糊糊的。

「目前還……只穿兩次。」

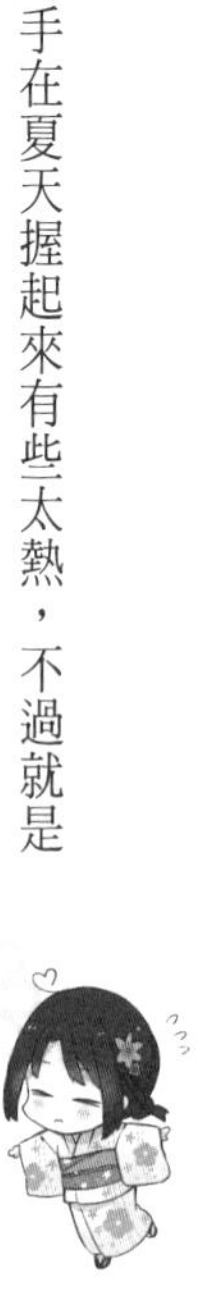

分別是傳照片給島村的時候，還有——

「這樣不行，要多穿幾次。」

我知道島村沒有多想什麼，只是隨口說說。既然要我多穿幾次，那我希望妳可以給我穿泳衣的機會。我的手本來想伸向衣服，不過我心想「不，還不行」，決定先不這麼做。

聊著聊著，島村的手機響了。島村本來想伸長身子去拿手機，卻在發現我會跟她一起動時轉過頭來。握緊的手像是我們之間的橋梁。島村有一瞬間開口想說些什麼，但最後還是直接拉著我伸手拿手機。我雖然被迫改變姿勢，也努力不放開島村的手，默默等她。手機鈴聲很短，大概是郵件吧。會是誰傳的呢？

會是祭典的時候在她身旁的那個女生嗎？

那個人是誰？跟島村是幾時認識的，交情又如何？我到現在依然對那個人一無所知。每當那段記憶像這樣掠過腦海，我就想逼問島村，把這件事弄清楚。可是一想像我抓著島村的肩膀逼問她，結果換來冷淡眼神做為回答，就感覺全身發寒。

我還用不著自制，心裡的無謀勇氣就被徹底擊潰了。

看過手機的島村發出一小段笑聲。怎麼了？郵件內容有那麼有趣嗎？島村跟我以外的人共享一件會很開心的事情，讓我感覺心裡很不是滋味。一種只能這樣形容的鬱悶，不快地充滿內心。我感覺到自己變得混濁。

我在一旁覺得不是滋味時，島村察覺了我的狀況，把手機拿給我看。

雖然我心想她這樣拿手機給我看好嗎？也看了她的手機畫面。

上頭顯示的，是一隻狗跟一個老婆婆在擺鬼臉的照片。

「這是我外婆，還有跟她住一起的狗。」

島村語調平穩地向我介紹他們。不論是提到外婆還是狗，聽起來都有介紹家人的感覺。

這隻狗給人的印象相當憔悴。牠左眼混濁，大概已經看不見了。

把臉湊到這隻狗旁邊，嘟著嘴巴模仿牠的臉的人，好像就是島村的外婆。

我該下什麼評語才好？

「表情看起來……很開心呢。」

「因為是那樣的母親的母親嘛。」

島村在苦笑的同時發出嘆息。聽她說「那樣的母親」，我想起了島村的媽媽。那個人確實有些淘氣。那，身為這位老婆婆的小孩的小孩的島村，也是這種個性嗎？

好像不太一樣。我盯著她溫柔的側臉……啊——我感覺舌根顫抖。

島村好可愛。

我不確定是因為等了她三天，還是受到心境影響，平常覺得太過理所當然而不感到特別的事物，在現在的我眼裡反而顯得特別。這種彷彿沉浸在溫暖海洋的心情是怎麼回事？好像全身飄在空中似的，而且雖然令人靜不下心，卻也想就這麼繼續享受這樣的感覺。一股不符合夏天氛圍的柔和溫熱包覆著我。

「所以，該做什麼呢。雖然總覺得我每次都這麼說。」

「咦？什麼做什麼……？」

「沒有，我在想要做什麼。」

島村環視著房間說道。她看往電視機、書櫃、櫃子上的遊戲機。

「妳不無聊嗎？」

不會。我依偎著島村肩膀，如此否定。

只要跟島村接觸，我就沒有餘力感到無聊。

我把臉靠近島村，使得島村的雙眼看起來變得很大。我被那樣的雙眸注視著。

「那就好。」

島村放鬆肩膀力道，倚著她的我頭部因此能夠靠在她肩上。

她的髮梢搔著我的臉，讓我強烈意識著身旁的人是島村。我的身體跟心靈因而產生動搖，衣服跟肌膚產生摩擦。

啊，對了——我想起一件事。

我都忘了。

「唔唔……」

怎麼辦？現在這樣挺舒服的，我該繼續靜靜待著，還是稍微冒險一下？

要我繼續這樣下去或許是不錯，但島村可能會覺得無聊。我希望自己採取的行動不是只有我自己會得到滿足，而是也要考慮到島村的心情。所謂擴展視野就是這麼一回事。總覺得島村以前也曾對我這樣說過。可是我的視野無論擴展到多麼遼闊，到頭來還是不會用在尋找島村以外的事情上吧。

說出來說不定很危險。搞不好還會害氣氛變得很奇怪。

不過雖說這是座危橋，可橋就是用來走的。

也就是說，即使很危險，若沒辦法走到對面，那就不是橋。

既然能視為一座橋，就有辦法走，就是一個能行走的地方。

我接受自己類似暗示的支持，站起來伸手抓住衣服。我的腦袋裡捲起紅色漩渦，同時我也脫掉了上衣。跟縮起身體的島村對上眼，就感覺像有車輪在眼睛深處旋轉一般，加速我內心的混亂。我感覺理智斷線了。我被理智斷線的衝擊吞噬，猛力把衣服一脫。我沒有餘力仔仔細細地慢慢脫。

我脫掉上半身跟下半身的衣服，甩到地上，腳步不穩地站在島村面前。

我聽到體內發出體溫急遽上升的聲音，也聽到血液正激烈流竄。

我將穿在底下的泳衣暴露在外。

「……妳……妳覺得……怎麼樣……」

我實在沒有多餘心力擺姿勢。我摩擦著雙腳，想觀察島村的反應，卻也一直無法抬起頭。

島村的聲音從我壓低的頭上方傳來。

「妳穿著泳衣過來？」

我點點頭。

「就為了穿給人看？」

我微微點頭。不過光是這樣，還不是正確答案。

不是給任何人看都好，我只想給島村看。所以，我——

「那個，妳覺得……」

我終於有辦法稍微抬起頭來了。島村凝視著我的胸口。

「嗯……」

咦，這個「嗯……」是代表什麼意思？「嗯……」是對哪裡抱有什麼感想，而發出的「嗯……」？

「跟照片比起來，當場看比較鮮豔呢。」

島村把臉靠近我的腰際，一本正經地觀察。啊……哇……呃。

眼前景物不斷天旋地轉，讓我只覺得是自己的眼睛在縱向旋轉。

「畢……畢畢……畢竟畢竟那個很藍嘛又很白……」

「妳的皮膚也是。還真白啊。」

島村開始不斷摸我的大腿。我的腳差點就不經意跳起來了。

我感覺腦袋裡的血上下流竄到快要頭暈了，往後一陣踉蹌。

「哎呀呀，妳還好吧？」

「剛剛剛……剛……剛……剛剛——」

「啊，妳不好啊。」

島村深刻表示了解。妳……妳以為是誰害的啊。

「剛……剛剛那是性……性騷擾……吧？」

我沒有餘力開玩笑，反而不小心開口這麼問。「咦？」島村露出小小的笑容。

「這樣算普通啦～普通。」

「才……才不是……這樣算……性騷擾……」

我靜靜坐下。不知為何變成了跪坐。我把手放在腿上，整個人靜止不動，僵直的肩膀跟背部也變得相當僵硬。身體緊繃到肩胛骨都要破皮而出了。

「哈哈哈哈。」

聽到島村突然笑出來嚇了我一跳，接著抬起頭，看到她還在繼續笑。

「感覺滿有趣的呢。」

「……呃，嗯。」

開心是件好事……吧？

「那個，呃……所以——」說「所以」是怎樣啊？「……要一起去嗎？」

「去？」

「嗯……」

「去哪裡？」

「就是我跟……島村……」

「啥？」

「一起洗澡……」

我有種眼睛周圍著火的錯覺。眼前「唰、唰唰」地冒出兩次閃光。

「洗澡？」

島村困惑地反芻我的話語。她有這種反應是當然的，但現在我想克服困難、堅持到底。

「呃，就是……反正我也穿著……」

「穿著？」

「泳衣……」

我這些理由之間有關聯嗎？有關聯？進去水裡、泳衣、水……應該說洗澡水。不，老實說很微妙。可是，也沒有其他可以連結到洗澡的要素。所以我只能不加以否定，而是繼續貫徹這種含糊態度，期待島村會接受提議。我盼望著她的「算了，沒差」。

接下來。

「哈哈……哈哈哈！」

島村捧腹大笑。

「妳這是怎樣啊。說真的，是怎樣啊。真奇怪。」

「奇……奇怪？」

我奇怪嗎？我講話破音了。我的聲音是在途中變調，自己聽也覺得很奇妙。

根本連問都不用問，光一句話就能證明我很怪。

「很怪啊～妳的思考方式很奇怪，行動也怪。是怎麼想才會變成那樣啊？真的很有妳的風格。」

原來我是身心兩方面都很怪嗎？至少就島村看來是這樣。我希望最少外表看起來很普通，不過獨自穿著泳衣乖乖待在房間裡的我，確實不管怎麼看都不是一般的打扮。跪坐會讓屁股碰到腳底，實在讓我沉不住氣。

我是不是該再把上衣穿好？是嗎？可是在島村面前穿衣服，總覺得好難為情。為什麼呢？穿衣服又跟脫衣服有種不同的排斥感。

我抱著暴露的上臂苦惱，島村則語氣開朗地說：「那——」

「難得妳都準備好了，那就一起洗吧。」

「咦！」

雖然不是「算了，沒差」，但她給我超乎期待的回應，害我緊張得心慌。我是很高興她考慮到我難得做好準備，但我也有些訝異她是注意到這部分。島村自己不也很奇怪嗎？然而這才是島村的作風——差點落入堵塞狀態的視野變得明朗起來。

「雖然我是搞不太懂啦。」

島村說著就站起身子，我的身體也跟著跳起身。島村看到我這樣就露出了微笑，我則是手腳僵硬地跟在她身後。前進的途中，我的胃因為緊張而開始作痛。蟬鳴變得遙遠，相對的，耳鳴變得更嚴重。

我全身硬梆梆的。要是現在走進稍微深一點的泳池，我可能會往前傾倒，而且不會浮上水面。認識島村以後，常常有這樣的狀況……到現在都沒出事真的很神奇。

我們經過客廳時，看到島村的母親在裡頭攤開行李做整理。

島村出聲對那道背影說話。

「我要去洗個澡。」

「什麼！現在大白天的耶，妳是笨蛋嗎？」

島村的母親一轉過頭來，就開口謾罵。順便發現了在一旁的我。

「哎呀，妳來了啊。」

「打擾了。」

我一低下頭，她就說「哎呀～妳跟我們家的孩子不一樣，真有禮貌……」，但講到一半就停下來了。

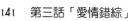

「為啥穿泳衣？」

她抱持理所當然的疑問。女兒的朋友穿著泳衣出現在別人家走廊上，想必會覺得「為啥？」吧。
早知道還是別嫌麻煩，穿好衣服再出來了。

「她說是要洗澡才穿來的。」

島村代替我回答。洗澡這件事原本終究是一種期待，一開始是穿來想給她看……我語氣含糊地嘗試訂正，但島村母女好像都沒聽見我說什麼，就被無視了。島村的母親「嗯……」的一聲，表情看起來與其說是不開心，應該說很微妙。

會這樣也是當然的吧。

「大概是因為我女兒個性很怪吧，有種連朋友都被影響的感覺呢。」

真是個傷腦筋的孩子——島村母親對島村下了好像在不久之前聽過的評語。

我看向被這麼說的島村，她的表情就像在表達「我才不想被妳這麼說」。

當中甚至有種類似不協調感的感覺。

原來島村也會露出這種表情。

她是情感這麼豐富……不，不對，還有比較不一樣的說法。

她本來是這種會明顯表露情感的個性嗎？或許她在回老家的時候遇到了什麼事。而我也從她剛才的反應，得知她肯定不會把那件事告訴現在的我。我甚至覺得既然她不願意跟我說，那我寧願乾脆在現場目擊那件事的發生。

無法親眼見到我以為不會改變的島村出現變化的那一刻，只讓我感到悲傷。

果然不能多達三天都不見到她。

我側眼看著安達變成螃蟹的模樣。

嘴巴泡在浴缸水裡抱膝而坐的安達，會定時吐出泡泡。她的視線不斷在我跟她的膝蓋之間來回。安達的臉已經熱得紅通通的了，我有些擔心她的狀況。

「好久沒有大白天的就來洗澡了。」

我自言自語地說完，安達也輕輕點了幾次頭。水面因而產生細小的漣漪。

「而且我還是第一次跟同學一起洗澡。」

雖然小時候也曾跟來我們家過夜的樽見一起洗。

安達又默默地點點頭，不過我對安達的了解已經加深到能分辨出她這次看起來比較高興了。

所以，我現在人在自己家的浴室裡。家裡的浴室比外公家的大。

由於只有我全身赤裸會不平衡？於是我特地穿上了學校泳衣。老實說在自己家穿成這樣，感覺怪怪的。而跟別人一起在浴缸裡，還是會顯得很窄。如果我們其中之一是小學生倒還好，但兩個高中生就會很擠。手肘跟腳會一直碰到彼此。尤其安達會常常碰到我。

「妳好像很靜不下心呢。」

明明洗澡一般是會讓人心靈祥和的一件事。

安達像是聽到我這麼說，就難為情地把頭壓得更低。然後吐出泡泡。她又繼續當一隻螃蟹。

「我也很懷念當初很冷靜的妳就是了。」

我只有當初剛在體育館二樓認識她的一小段時間看過那樣的她，之後就一直呈現有些混亂的狀態。她是裝了什麼遊戲裡常有的詛咒裝備嗎？我從別人那裡打聽到的情況，是說安達中學時期經常很冷淡，但自從認識我以後……咦？這樣一來，安達會變成怪人……不對，會變成這麼有趣的人，就是我害的。

……嗯。

「話說回來，雖然現在才問好像有點晚，不過妳怎麼會想要跟我一起洗澡？」

大概是熱水讓我的腦袋開始發熱了，我到現在才想到這個疑問。用大腿遮住她自豪的泳衣，顯得很高雅的安達濕潤的頭髮末端落下水滴，同時她也開口回答。像泡沫一樣，一次一小段地說。

「我認為……要增進彼此的感情……一起洗澡會比較好。」

「為啥？」

我忍不住模仿剛才的母親。安達不曉得是不是也沒什麼特別想法，只是不斷吐著泡泡。

人確實是不會跟感情不好的人一起洗澡啦，可是順序反了吧？

先得到結果的過程，大多會落得失敗的下場。

「就……」

「就？」

打算說些什麼的安達忽然臉色泛紅。然後沉進水裡。她不斷吐泡泡，只看得見眼睛拚命轉個不停。我用眼神問她本來想說什麼。

我一直盯著安達，她就放棄抵抗，浮上水面細聲說：

「就像是赤裸的坦誠相見……之類……的。」

她上下擺動的頭髮拍打水面，發出水聲。

「啊～是這個意思啊。雖然我們兩個都沒有裸著身體就是了。」

我不當一回事地笑了笑之後，「哎呀。」安達又躲進水裡了。她連額頭都泡在水裡。啊，吐了好多泡泡。感覺再沉下去一點，就會只剩下頭髮在水面上，變得像水母一樣……我期待這種事情要做什麼？現在不是顧著幻想出現巨大水母的時候。安達可能會不懂拿捏分寸，就這樣一直躲在水裡，於是我決定出手救援。

但問題是我該抓著哪裡拉她起來。腰部……感覺會被當性騷擾。腋下……總覺得會更糟。那抓下巴……與其說是救援，更像是在對她施展招式。

「唔……嗯，嗯，嗯。」

我凝視安達白皙的背部。她都沒有曬黑呢～白白的呢。接著——

因為我很想嘗試一件事，就不禁伸出了手指。

我伸手碰她背上泳衣的繫帶，動手拉拉看。輕輕一拉——

狀況馬上出現變化。安達的後腦勺旋即浮了上來，她以水花飛濺之姿瞪大眼睛看著我。我的舉動立刻就得到了成效。如果釣魚也能這麼容易上鉤就好了。

「哇！哇！哇！」

安達背貼著浴缸邊緣，手貼在牆上，發出不成話語的聲音。她的反應像溺水了一樣。往上踢的腳猛力衝出水面，把牆壁弄濕了一大片。咦？難道我是壞人嗎？

「抱歉抱歉。」

不論如何，先跟她道歉。安達在我道歉過後也稍微冷靜了點，恢復正常的姿勢說「沒關係……」，老實地垂下頭來。肩膀以下都在水裡的我們兩個，就這樣悶不吭聲地泡著熱水澡。身體早就變得很熱了。

明明是兩個女高中生一起洗澡，卻手忙腳亂的。

能不能再稍微……有點美感呢？

我們之間的關係還存在著一些隔閡。

水落下的聲音聽起來彷彿是從圍住我們的空間外頭傳來，好像在躲雨似的。我往上看，發現天花板在水蒸氣下變得朦朧，感覺似乎能聽見遠處傳來放下桶子的聲響。

從髮上流下的水滴斜斜劃過了額頭跟鼻梁。

「……是說啊，安達妳對我很溫柔嗎？」

我不經意這麼問。正是因為只有我們兩個在這種地方獨處，才有辦法開口問。

平常問一定會覺得難為情，結果就用其他話語敷衍過去。

我想聽聽看一個人能溫柔對待別人的理由。

「溫柔」這種情感，是從何而生的？

至少，應該不是出自義務感。

若知道這種情感出自哪裡，我是否也能找出類似展望的東西？我擅自抱起這樣的期待。

安達有動作了。她猛力跳起，水花因而濺到我身上。

「我不溫柔嗎？」

安達用彷彿觀望著快破掉的蛋似的不安表情看向我。她眼角被水泡腫，看起來像隨時都要哭出來的表情，已經表現出了答案。

安達這種很容易理解的部分，實在很令人爽快。

「這可不好說呢～」

但我還是故意捉弄她一下。我面帶奸笑看往一旁。

我感覺到背後的安達很焦急。太吊她胃口大概也會造成她的心理負擔，所以我打算告訴她「不會啦，妳很溫柔喔。」，卻在轉過身後馬上聽到額頭附近發出低沉聲響。似乎是靠近我的安達，頭撞到了我的額頭。不過我還來不及覺得痛，安達就抱住了我。

我們就這麼以暴露度很高的打扮，緊緊貼在一起。我直接體會到安達滑嫩的肌膚。當濺起的熱水在周遭飛舞，毫無規律地改變形狀時，唯獨安達確實碰觸著我。

水面上不再出現漣漪，體溫逐漸升高。

雖然我也覺得安達是不是遇到什麼問題就會抱上來，但這或許也是安達自己想表達某些事情的最佳手段。現在也是一樣，她這麼做是為了把她所有的溫柔傳遞給我。

這就是安達表達溫柔的方式嗎？總覺得跟平常沒什麼不同。

啊，也就是說，她平常就很溫柔了嗎……真不錯。這樣不是很棒嗎？

可是再怎麼說，我也開始覺得痛了。

「安達？」

妳的下巴弄得我很痛啊。她下巴卡在我肩膀的骨頭之間，感覺再這樣下去會拔不出來。

「喂～安達～？」

我輕拍她的肩膀，提議她拿捏一下分寸。但安達絲毫不動。她像假扮成石頭一樣僵在原地，我不得已只好推她的肩膀，讓她離開我身上。我本來擔心她該不會是泡昏頭到失去意識了，但她眼睛是還有在動。也有在呼吸。不過，感覺安達好像在發抖。嘴唇跟眼睛的輪廓變得很模糊。

然後，她就這樣——

「嘎——！」

「喔喔喔！」

安達發出像是「嗚吧啦嗶啵！」這樣不清不楚的聲音，再次抱過來。

她這次用非常穩固的方式抱住我，避免再一次跟我分開。連腳都纏住了我。

安達的頭在我肩膀上大力搖晃。

「我……我不要我不要我不要！」

支撐著變得像僵屍般的安達，連我也慌了。她會不會咬我脖子或肩膀啊？然後安達身上的某種東西就很可能傳染給我。

那樣可傷腦筋了。要是兩個人都變成安達，事態應該會變得一發不可收拾。

雖然會變得難以收拾，可是催動事情發展的就是安達突出的行動力，所以我認為還是得要有一個安達。我考察著這種安達論時，聽到耳邊微微傳來安達慌亂動著嘴巴的聲音。我豎起耳朵聽她想說什麼。

她用猶如空氣輕輕劃過的微弱聲音說：

「……我幾歡……」

某個地方有水珠流了出來，滴在水面上。

「我……我喜歡……幾……喜以歡，喜歡……喜歡……泥啊！」

「……嗯？」

水滴從我們的肌膚之間竄流而下。

想撐住安達的手臂自然而然地失去力道，垂到水中。

那道聲音只是一直在腦袋周遭打轉，還沒進到我的腦海裡。

「唔唔……」

「…………………………」

「咕唔……」

「……………………………………………………………………」

「唔唔咕……」

「………

……………………………………………………嗯？」

由於呻吟次數實在太多了，於是我再次推開她的肩膀，而這次發生了明顯看得出來的異常狀況。

「唔哇，妳人都暈了。」

安達似乎真的泡到頭暈了，感覺她的頭隨時會噴出水蒸氣。我趕緊把安達拖出浴缸。把她帶離浴室後，總之先安置在盥洗室。

我沒有好好擦乾身體就往廚房跑，剛好母親在廚房裡。

「安達泡澡泡到暈過去了！」

「什麼！她果然也是笨蛋嗎！」

母親雖然口出惡言，卻也迅速弄好冰毛巾並擠掉多餘的水。接著她拿出冰箱裡的寶礦力，跟我一起跑。我原路折返，看見走廊被我的足跡弄得濕答答的。

我動作俐落地用母親弄好的濕毛巾擦拭安達的身體，冷卻她的脖子跟腳。擦著擦著，安達意識不清的情形似乎也改善了，她看著我細細說了聲「島村……」。是一如往常的安達。

母親看她恢復意識，便在留下一句「笨女兒，妳多少看一下情況嘛」後離去。

明明不是我逼她泡這麼久的啊。雖然有些不服氣，我也依然繼續看護著安達的狀況。

我看著她，同時一道疑問隨著水滴一同落下。

剛才……不久之前她說的，是什麼意思呢？

知道答案的當事人目前還在暈眩當中。

我想問，也沒辦法問。

「妳還可以嗎？妳等身體涼下來再走就好了啊。」

到外面替我送行的島村雖然很貼心地這麼說，不過我搖搖頭說「不用了，我沒事的」，踏出腳步。我認為比起繼續留下來出更大的糗，還是選擇離開比較明智。

我沒想到真的會在現實遇到因為意識模糊而昏倒的情況。

後半段發生了什麼事，我幾乎不記得。她好像有在一旁照顧昏倒的我，我應該沒有失禁

吧？我怕得不敢跟島村確認這件事。跟她一起洗澡或許是我太得意忘形了，才會落得出糗的下場。

泡到昏頭的腦袋還很沉重，讓我指尖的觸覺變得不太敏銳。我的意識像是在吸熱過後發脹一般散漫，要是在這種狀態下跟島村聊天，根本不知道會講出什麼話。

我已經恢復到能夠做出這樣的判斷了，大概有辦法自行回家吧。

我在牽出腳踏車後轉過頭。脖子上掛著毛巾，頭髮濡濕的島村給人跟平常不同的印象，我不知道該把視線放在哪裡。頭髮放下來，且沒有多加修飾的髮型；以及緊貼著肌膚的上衣。她的模樣讓我心跳加速、頭昏眼花，我一低下頭就會眼冒金星，絕不是因為去撞到頭。我輕輕搖頭，甩開那些閃爍的星星後，便跨上腳踏車。

我今天會就這樣直接回去，不過——

「晚上……可以打電話給妳嗎？」

我在離開時向她確認可不可以這麼做。我抱著真的只比平常多了一點的自信詢問。

「當然可以。」

表示同意的島村露齒微笑。她不經意露出的稚嫩模樣，令我看得入神。

她本人可能沒意識到自己的笑容，但正因如此，她的表情才得以保持純真。那至今不曾顯露的表情，感覺像是稍微表露了島村的內心，使得我內心格外動搖。

島村就這麼以純真的樣貌揮揮手。

「拜拜。」

「嗯。」

「騎車的時候回頭很危險，所以我們的道別就到這邊結束。」

被島村料到未來會發生的事情，害我原本就已經在發燙的臉頰，更是像發了芽似的冒出火花。

迸出的火花不斷閃爍，而我也騎起腳踏車逃走。

我理解到島村對我的關心，決定不回頭。不回頭。好想回頭。

我努力拒絕這道誘惑，但心裡想的，依然是島村。

我仔細回想今天見到的各種島村，想得忘我。腳踏車的踏板變成是順便動腳踩的。

到頭來就算面向前方，還是很危險。

變成獨自一人。

吹起蘊含著夏日豔陽的乾燥微風。

而就像是被這陣風吹起來一般，我熱昏頭的腦袋忽然理解了。

原來如此。

原來安達她喜歡我嗎？

如果她在泡澡時說的那些很像夢話的話，是出自真心——
不過，我想那種狀況下也沒多餘心力說謊吧。
「嗯……」
她說不定是因為這樣，才有辦法溫柔對待我。
當我理解到這一點的同一時刻，一股強烈的騷動竄過了肌膚。
我自然而然就用左手抓著右手手肘，支撐著身體。
視線移往遠方。我彷彿眼前豁然開朗，以遼闊的視野看著鎮上景色。
仔細想想，那就是最簡單的解答，也是動機，這樣啊……真是淺顯易懂。
「原來如此啊。」
現在回想看看，才察覺她大概喜歡我到了極點吧。那我就知道她為什麼這麼執著於我，也能懂為什麼我一跟其他人出去玩一下，她就會哭出來。
是能懂啦。
「唔……」
殘留水氣的頭髮拍打我臉頰的同時，我也感覺坐立難安。臉被頭髮末梢搔過，使我身體顫抖。
要喜歡我是無妨，但那究竟是什麼樣的喜歡？金平糖狀、球體，或是很多的三角形合在一起形成的三角形。回應這道疑問的腦海裡，接連浮現各種形狀。

不過，不論那樣的喜歡會描繪出什麼形狀，應該都不是件壞事。

不論存在於根本的是什麼情感，都能「變得」替對方著想，讓自己「變得」溫柔。

以心境變化來說，這應該是最棒的一種改變吧。

那跟只擁有「義務性」溫柔的我，極為無緣。

「敗給妳了啦～」

我一邊唱歌，一邊走回家中。

發燙的肌膚，正尋求著電風扇的幫助。

在那之後，我晚上也很熱衷地跟她講電話，接著時間來到隔天。

我好幾次想起跟她一起洗澡跟泳衣的事情，在自己房間內獨自感到苦悶。

苦悶到疲憊了以後，我就靜靜坐著度過彷彿在充電、休息的時光。

我在自己房間內愣愣看著一直開著的電視，在一段時間後換成播報新聞。

報導內容很不平靜，在述說學生與人起口角後殺死了對方。

我心想原來人會那麼輕易殺死別人，也會那麼輕易地死去，看得有些出神。

人類只要一有那樣的意願，馬上就能殺死別人。

我當然不打算做那種事。但是，人類有足以做出這種事情的力量。把這種力量引導到更

好的方向上，一定會很不得了吧。我在奇怪的勇氣促使下，抱著「差不多可以打過去了吧」的想法拿起手機。我不斷偷瞄時鐘，確認應該已經是晚上了。

其實我想跟她聊更久一點。也不想跟她分開。時間、家，還有常識的限制，拉開了我跟島村之間的距離。再加上對島村抱有的不安，內心就會產生無助與膽怯。

我到現在還是很在意那個女生。我很想弄清楚她是誰。

可是也要注意自己別太過拘泥於她的存在，並避免自己太過在意周遭，導致疏於自身狀況。我想要接受、克服島村跟其他人很要好，或是比跟我在一起的時候還要開心之類的恐懼，然後更加接近島村。

我一邊由衷等待手機接通，一邊對先前有過的想法進行少許訂正。

我想待在島村身邊的想法，強烈到我認為永遠不會改變。

安達又打電話過來了。昨天晚上也聊了那麼多，她還有話題可以聊嗎？我一邊這樣想著，一邊拿起手機跟有些遙遠的安達通話。安達沒有先問候，開口第一句話就講她要做什麼。是平時那個充滿氣勢跟崩壞，好像在往前傾倒的安達。

『我有事情本來想昨天說，可是忘記說了。』

「嗯。說吧。」

我要她講下去。應該不會突然就說「我好喜歡妳超喜歡妳愛死妳了」之類的話吧。

我如此心想，同時做好一點心理準備來等待。

我從另一頭傳來的聲音，想像到安達現在正握緊手機，前傾著身體。

『要不要一起去……這個周末的……祭典？』

「啊，是要講這件事啊。」

她要講的事情有些出乎我意料。安達說著「咦，咦？」對我的反應感到很不知所措。

『有其他的好講嗎？是哪件事？』

「別在意。這是我自己的事情。」

感覺不小心變得很像在玩文字遊戲。我一邊笑，一邊回答「好啊」。

『……可以嗎？』

安達謹慎地向我確認。就像是被責罵的小孩戰戰兢兢伸出手那樣。

「嗯。我這次沒有跟其他人有約。」

這樣的話，我沒有任何理由拒絕她。

『太好了……』

安達深深吐出的一口氣，讓我知道她有多放心。這也不是需要那麼擔心的邀約吧？以我的角度是會這麼想，但以安達的角度來說，應該是重大事件吧。雖然只是猜測，不過她似乎很在意樽見。回想起來，之前安達在電話裡崩潰大哭時，她曾在發音還很清楚的時候，逼問

關於樽見的事情。
是不是好好跟她解釋一次比較好？但說要解釋，就是她曾經是我的老朋友，而我們一度變得疏遠，但最近又復合了……復合？意思應該不對吧？總之解釋起來會有些複雜。有種是因為這樣，就打算晚點再解釋的感覺。
『其實我本來想在昨天去妳家的時候直接約妳，可是忘記了……』
「啊～因為妳泡澡泡到熱昏頭了嘛。」
安達說不出話來了。我們明明在陸地上，卻好像會聽見吐出泡泡的聲音。螃蟹吐泡泡是不奇怪，可如果吐泡泡的是人類，問題就大了。
「我說安達妳啊——」
我不禁這樣講，但講到一半又撇開視線，說「啊，還是算了」，收回想說的話。
『怎麼了？』
「沒事。」
難得是我講話吞吞吐吐的。
『我很在意。』
「過一陣子會跟妳講的，過一陣子。不提這個，祭典那天我們要約在哪裡見面？」
我覺得自己至少敷衍了事的能力比安達好。
這沒什麼好驕傲的。我只是人際關係上的經驗比安達多罷了。我只是與人接觸後，被塑造成最適合那種環境的狀態。但最適合與最佳兩種要素，不一定在同一個方向上。

決定好會合地點跟時間後，安達就慌張地掛斷電話。

雖然距離祭典還有一段時間，不過她可能打算現在就開始準備。怎麼可能呢——我覺得自己想的是玩笑話，不過對方是安達，我無法否定她想做好萬全準備的可能性。

「……………………」

我差點就要把這樣的安達是多喜歡，又是怎樣喜歡我這種話問出口了。

能想像一問下去，安達就會陷入混亂跟錯亂當中。我反倒是因為想親眼看見她那樣，就覺得隔著電話太可惜，才不繼續問。我這種興趣很怪嗎？

可是安達即使極度糾結，還是轉而採取行動的模樣，其實就旁人看來相當令人爽快。

因為，那想必是我自己一輩子都不會體驗到的大爆發。

這感覺也很像欣賞煙火衝上天空那樣。

安達櫻總是被淡紅色的煙火點綴著。

我再次打電話給島村。

我想見到島村。

我跟安達通電話。

安達說想見我，於是我走出門。

我思念著島村。

光是思念她，我就得縮起身體，抑制某種快要滿溢出來的東西。

要去見安達。

要去見島村。

我對暑假明明也剩沒多久了，炎熱程度卻絲毫未減感到不滿。現在熱得在室內也待不下去，熱成這樣，連要出門都會覺得麻煩，所以乖乖在房間裡以手托腮可以說是很自然的結果。

擁有「放假還無所事事沒問題嗎？」這種焦慮是錯的。假日就是該無所事事地悠哉度日。無意義的假日萬歲。

我妹則跟我不一樣，乖乖在一樓房間寫作業。至於當事人自身的心境平不平穩，應該要看還剩下多少作業吧。她在學校都裝乖當個模範生，剩下的作業大概也沒有多到會讓她傷腦筋。

「喔～找到島村小姐了。」

社妹進到房間來了。她一看到我，就開心地小跑步過來。她今天跟前陣子不一樣，腋下抱著一個全罩式安全帽。看到那頂安全帽，我才想起這傢伙自稱是外星人的設定。

「我本來想跟小同學培養友情，可是她說她忙著寫作業。」

「喔，妳也是被趕出來的啊。」

我也是聽她說要寫作業，就來二樓房間打發時間。在這通風不良的房間裡，唯有舊型的電風扇是沉溺在炎熱天氣下的心靈支柱。雖然電風扇吹出來的風也是熱的，但有空氣在流動就能多少治癒一下身心。

社妹把安全帽放在房間角落後，就坐到我的雙腳之間。明明我面前有桌子，她還是硬把身體擠進來。她後腦勺的頭髮彈起來，輕輕掃過我的臉。大概是因為頭髮的冷色系色調，她一來到我旁邊占據我的視野，就有種變涼快的錯覺。她說不定很適合用來在夏天觀賞。

「妳都沒有作業……也對，妳沒有作業。妳沒有去學校嘛。」

「是啊。」

雖然社妹一副自豪的模樣，不過她背後究竟有什麼隱情呢？一般在這種年紀都會去學校。我是覺得她整個人有一大半是謎團，但我想就算搖搖這感覺很輕盈的頭，也不會搖出半個答案。假設她真的是外星人，嗯……也沒什麼差。

「島村小姐沒有那個叫做作業的東西嗎？」

「當然有啊。」

晚一點才要寫的啦——我抱著這樣的心態看開了一點。

話說回來，安達作業寫得怎麼樣了呢？她原本是不良少女，會是根本不管作業，還是很認真在寫？我可沒有相信她之前說沒寫的玩笑話。照她的個性來看，我猜她可能會很有計畫地在處理作業。安達的本性也是個正經到很死板的人。不過她在我面前常常變得手足無措就是了。

關於這點，也是現在回想起來就覺得她表現得很明顯。她因為根本上缺乏對於人際關係的經驗，所以會不小心變得不知所措而白費力氣，但她心裡存在著強烈想讓自己變得更好，也希望我對她有好感的想法。她喜歡我的程度似乎很深。

「…………」

覺得有些難為情。我大概沒有會錯意。雖然暫且不論她對我是哪一種喜歡。喜歡上一個人以後心裡會想的，大多會彙整成「想待在對方身邊」。

安達應該還是最典型的，完完全全就是抱著這種想法。她的眼神、態度，還有表情都在表達想無時無刻待在我身邊。那只要內心一動搖就會明顯糾結的眼神，就像是安達的註冊商標。

不過，先不管想待在我身邊這件事。

待在我身邊，會產生什麼新的開始嗎？至少如果安達不相信會那樣，就不會採取行動了吧。安達想在我身上尋求什麼？希望我不要把心思放在別人身上，而是一直待在自己身旁，再讓我眼裡只看得見她，然後就這麼牽住她的手。

感覺是安達的話，就會要求我做到這個地步。不過老實說，那真的很麻煩。

要完全不跟其他人交流應該是辦得到，可是要我只跟安達交流會很不好受。

而且變成那種個性的我，跟以往完全是不同的人了，這時又會出現「安達會繼續喜歡那樣的人嗎？」的疑問。再說，安達到底是喜歡我哪一點？

總覺得問了她就會回答，也好像會直接逃跑。

我也想像得到「喜歡我的全部」這種無法當作參考的答案。

「妳有什麼煩惱嗎？」

我愣愣地看著別的地方，途中社妹忽然開口這麼問。低頭一看，眼前出現了兩顆水一般的星辰。

純潔無瑕的雙眼，正仰望著我。

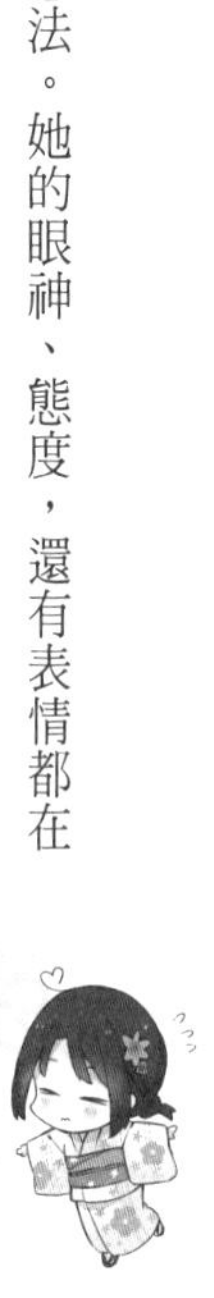

「妳看得出來?我表現在表情上了嗎?」

居然會明顯到連這種悠哉的傢伙都看得出來。

「哼哼哼,這是多虧了透視能力。」

社妹把眼睛睜大到極限來強調。不管睜得多大,都只看到一雙澄澈的眼睛,實在很像是在騙人。那太過美麗,反而讓一切都變輕率了。

「不介意的話,可以找我商量煩惱喔。」

她保持著睜大眼睛的模樣說出這種話。她眼睛明明睜大到很不尋常的程度,眼裡卻沒有血絲。眼白部分像清澈水面那樣全部一樣白,而上頭又漂著彷彿藍色星辰的眼瞳。就因為這怎麼看都不像假的,才叫人訝異。

不過,跟這傢伙商量也不會有什麼結果吧——我忍不住笑了出來。她腦子裡感覺只想著零食。

「我意外的不像妳想的那樣喔!」

社妹揮舞她輕輕握起的拳頭,笑著這麼主張。

我被她嚇到了。她反駁得有如正確看出我沒有講出口的心境。

「我也很喜歡白米飯!」

「……是喔。」

那很好啊——我摸摸她的頭。水藍色粒子從頭髮跟手指縫隙溜出,輕柔飛舞。

果然好像跟她說也沒用。雖然我這麼想，還是姑且問了一下。

「妳對待別人都很親切，可是是為什麼？」

看起來不像有「尋求回報」這種概念的年幼孩童，為什麼有辦法溫柔對待他人？

社妹極為乾脆地回答：

「我對地球人都很親切。」

「……這樣喔。」

之前問老爺爺問題的時候也是這樣，看來我又搞錯問的對象了。

「我尤其喜歡小同學跟島村小姐。妳們的波長很棒。」

「喔。」

聽她率直地這麼說，我不禁把視線撇向一旁。

我不懂她說的波長是什麼，不過她不加修飾的坦率模樣讓我覺得很難為情。

但是——

以前的我就會面不改色地說出這種話。

我從沒料到隨著年紀增長，做不到的事情居然會變多。

「島村小姐喜歡我嗎？」

「咦？嗯……這個嘛，是不討厭啊。」

我想她問我妹這個問題，我妹也一定會像這樣含糊其辭。

「那我們是好朋友呢！」

社妹靠到我身上，豪爽地露齒而笑。

看她這樣，就會不禁放鬆臉頰跟肩膀的力氣。她格外純潔的心靈，是其他人所沒有的。應該說，一般沒辦法用那樣的純真生活下去。所以我跟以前比起來，個性跟價值觀都變質了，便對於照常能維持這份純潔生活的社妹感到類似不安，或是類似羨慕，又或是類似懷念的心情……總之我心裡交錯著各種情感。

她的天真有時會化為利爪，攪亂我的內心。

雖然她本人大概完～完全全沒有自覺。

「唔喲。」

我捏起她的臉頰，她的臉可以拉得好長好長。觸感好到讓我捏得入迷。

之後又過了一陣子，社妹就被寫完今天要寫的作業的我妹帶走了。

「喔～是小同學。」

「妳作業寫完了嗎？」

「唔……」

窺探房間裡面的我妹，朝我們投以有些凶狠的眼神。接著——

「我選小社。」

「啥？」

雖然不太懂她的意思，不過她在輪流看向我跟社妹以後，就把社妹帶走了。
她們現在應該在培養友情吧，主要是透過餵食這個手段。她們感情真好。而社妹賴在我家的狀況也真的是很不得了。沒在廚房看到她的日子還比較少。
「有種她會就這樣一直賴在我們家的預感。」
到底為什麼都沒有人對這點抱持太大疑問呢？
是不是中了集體催眠啊……不過算了。我也不討厭那樣。
因為我喜歡藍色系的顏色。
既然我妹的作業寫完了，那我也沒理由繼續待在這裡，去樓下吧。我站起身時，電話響了起來。「來了來了來了。」我不經意在接起電話前就這麼回應。我還以為打來的一如往常是安達，結果是樽見。這也不算稀奇。她打電話來的頻率頗高的。我蹲到有點吵的電風扇前面，接起電話。
「喂，小樽。」
『嘿！』
「嗯。」
樽見的聲音跟被房間高溫熱昏頭的我截然不同，聽起來很有精神。她可能是個身體健康的不良少女。
『哎呀～好久不見了。』

「嗯？」

『最近都沒能跟小島妳講上電話。』

「咦？是嗎？」

『嗯……常常在通話中。』

她的語調像是在鬧彆扭，又好像是很委婉地在責備我。

有嗎？我回想一下，就發現是為什麼了。

『啊沒有啦我也不是常常打電話給妳，大概……是巧合吧～應該是吧～』

「應該是吧～」

我配合她這麼說，同時心想反倒是因為我跟安達常常聊天才會這樣吧。

是喔——雖然是我自己的事情，但我毫無自覺，所以有點震撼。

我很驚訝。

我還以為自己絕不可能因為在人際關係上太極端接觸一個人，就跟其他人變得疏遠。

這樣啊。原來最近我的人際交流太集中在安達身上了啊。

「這樣啊……」

有種很新鮮的感覺。我感受到一種彷彿鼻塞瞬間好了的解脫感。

有種像在用力推開的牆壁另一頭找到一片新土地的……一種積極的心情。

『怎麼了？』

「嗯……嗯……」

該怎麼說明才好？我的理性告訴我，如果跟她詳細解釋，事情大概會變得很麻煩。

維持友情實在是件難事。

過度接觸導致喪失新鮮感，會讓友情看起來不再美麗；放著不管會累積灰塵，忘記它的存在。而把它放進裝飾用的盒子，又會變得乾癟不堪。任何事情最重要的都是適度就好，但很難拿捏分寸。說實在的，對我這樣怕麻煩的人來說，友情是種我控制不來的東西。

『然後啊。嗯，先不管那個啦，呃……』

「呃？」

『其實……不對，妳應該知道吧。這週末有場祭典……對吧？』

「喔……」

『最近……應該說妳回來以後，我們都沒有見過面，所以也順便……順便？』

原來是要約我啊。我在她講出口前，就察覺到是要問我要不要一起去祭典。但這次我先接受了安達的邀約，跟上次受邀的順序相反。不過，樽見跟安達的個性不一樣。如果約樽見一起去，就算有別人在，她應該也會接受吧。

那，就三個人一起去祭典玩？

呃，可是——心裡有件事情從中阻擋，讓這份思考無法順利通過。

安達肯定會很排斥吧。

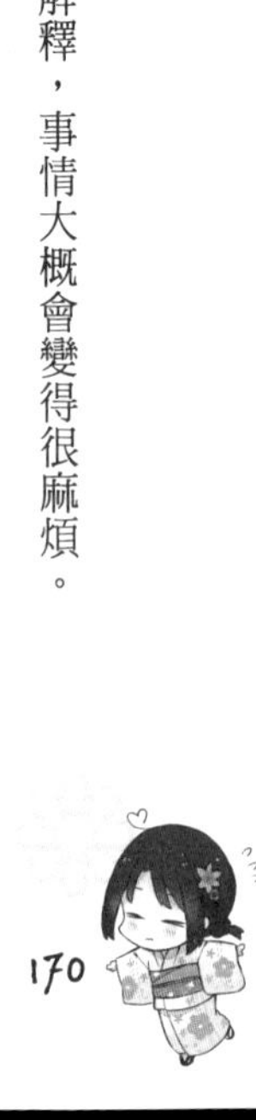

她大概會露出快哭出來的表情吧。

一想到這邊——

「抱歉。」

把手指插進鬆軟濕潤的地面，劃出線條。

我的腦袋裡浮現那樣的畫面。

「我要陪別人去。」

蘊含著樽見內心動搖的一口嘆息，從被劃出的壕溝另一端傳來。

那股嘆息，聽來有些遙遠。

『這……這樣啊。』

「嗯。」

我在聽完她想說的話前就把話題結束掉，不過好像被我猜對了。

我關掉電風扇。

『是……是那個嗎？跟妹妹一起去？』

「不是，是學校同學。」

這只表達了我跟安達之間的關係的一面，而且還是聽來比較膚淺的那一層關係。還有很多方式可以形容我們的關係。像是朋友、蹺課好夥伴、怪人同類、有趣的談話對象，以及其他眾多說法。

認識安達以後，在這一年內誕生的事物化成了各種形體，並被擺飾起來。每一樣都是看到現在，也還不會覺得厭倦的東西。

『喔……喔～喔～』

樽見做出鳥鳴般的反應。感覺後續還暗藏著某些話語。

「所以……嗯，我沒辦法跟妳去。」

我在她說出想一起去以前，把壕溝挖得更深。

我沒有徹底掌握那意味著什麼，又會產生什麼，就奔放地採取行動。

『是喔……』

是啊。

雖然我們之間捲起一股混沌氣氛，但我沒有感到後悔。

我早早結束這通電話，大口吐氣。這道嘆息很沉重，肩膀也陰鬱地垂了下來。跟拘束的人際關係發生摩擦，令關節骨發出不快的哀號。

即使如此，我吐出體內所有空氣低著頭，還是能感覺身體逐漸變輕。果然人類說不定從平時就有點塞太多東西在體內了。所以身體才會很沉重，落得患上怕麻煩這種沒有自覺的重病。

我放下手機，離開房間。我走下樓就受到廚房聲響的吸引，前去廚房。我順利找到了母親。

我向正在切碎洋蔥的母親搭話。

「媽，晚點可以幫我準備浴衣嗎？」

「啊？」

「週末去祭典的時候，我要穿著去。」

我說這句話時明明沒有多想什麼，卻覺得胸口有股類似壓迫感的東西。

想老實說出自己想要什麼，可是又對暴露自己感到排斥。

活到十幾歲，才感受到生來久久不曾有過的糾結。

「是可以啦。妳之前明明沒穿，怎麼又要穿了？」

「嗯……就是沒來由地想穿。」

母親切著洋蔥，「嗯～？」了一聲，疑惑地瞇細雙眼。

她為什麼總會像這樣注意到我不想被人注意到的地方？

或許對小孩來說，父母就是這樣的存在。

因為一直看在眼裡，所以即使是細微的變化，也會馬上察覺。

「因為之前去的時候，周遭的人都是穿浴衣。」

「妳真的很不會看場合做事耶～哈哈哈～」

只憑著當下心境生活的母親明明沒看到當時的狀況，卻擺出這種態度。

「是說，妳又要去祭典啊？」

「嗯，因為有人約我。」

「是喔。」

大概是我拒絕了其中一個人的邀約，心裡有種莫名的愧疚感。「那就拜託妳了。」我早早逃離現場。

明明我不需要逃離母親面前，也沒做虧心事，卻在走到廚房看不到的地方後加快腳步。我的腳彷彿被某種東西催促，毫不間斷地前進。

我對母親說的話沒有半句謊言，說出口的全是自己採取行動的理由之一。

而我藏在心裡的另一個理由，是一個極為單純的想法。

因為我心想——安達看我穿浴衣，不知道會不會很高興。

「喔喔喔——日野——！」

「好好好，妳很愛我是吧，知道了啦快放開我。」

別在我換衣服的時候黏過來。這樣我沒辦法脫衣服，而且連其他衣服都要被她脫掉了。

我沒料到會一回來就發現她埋伏在我房間。

「妳可以叫我忠狗永藤喔。」

「不要捏我屁股，忠狗。」

「我跟傭人講一下，他們就讓我進來了呢。」

大家都記得別人的長相呢——永藤說著用臉頰磨蹭我的屁股。

妳這個笨蛋。

「只有妳才會健忘得那麼誇張啦。」

「喔喔喔——」

「吵死了。」

先讓我換衣服啦——我把永藤踢到一邊。永藤出乎意料的乖乖躺到榻榻米上。大概是抓著我抓膩了吧。她用很難看的動作翻滾到牆邊。然後又滾回來。我不會過問從剛才就一直妨礙她滾動的是她身上哪個部位。誰管她啊。

真是的。我本來想去妳家的。

「威夷夏好玩嗎？」

「嗯～就跟平常一樣吧。」

雖然我看到當地人處理游到海灘的小鯊魚後，還得意洋洋抓著牠的尾巴喊「My dinner！」，不過大致上還算和平。我們只有在飯店的私人海灘跟泳池間來回，沒有去觀光。我們只是大家一起去避暑而已。

走廊偶爾有匆忙的腳步聲經過。面對外側的紙門，也不時有像是老哥的影子走過。我們家在出發的時候也是忙得不可開交，不過人多的大家庭要做旅行回來的後續整理一樣不得安寧。老哥他們的家人也在，所以也有小孩子的聲音。我就是嫌被迫照顧他們很麻煩，才想逃到永藤家的，這傢伙卻完完全全沒考慮到我的立場。

「妳就那麼想見到我嗎～？」

「當然啊～」

「是喔。」

我也差不多該學乖了，這種玩笑話對永藤沒有用。

所以會是講的人覺得害羞，進而沉默下來。

我面對著外頭紙門另一頭的蟬聲，穿起上衣。

威夷夏沒有蟬鳴，聽到這種聲音就會有種我真的回來日本了的感覺。

同時也會有種我之前待在不同天空底下的雀躍感。

旅行這種事情很神奇的是，比起待在旅行當地時，反倒是回來以後會顯得更鮮明，更五彩繽紛。說不定保持一些距離，才更能看見事情的整體樣貌。

雖然被永藤妨礙，我也終於換好衣服了。但是，永藤看起來卻不太滿意。

「不是穿和服～」

「夏天哪受得了那種麻煩的東西啊。」

在天氣轉涼以前都不穿。反正就算季節變了，妳跟我也一樣會在這裡。

「啊，對了。」

爬起來的永藤舉手喊著：「有～有～」

「幹嘛啦。」

「我想在日野家工作。」

「……啊？」

連她平常說的話大多能察覺當中意圖的我，也想不透她這句話的意思。

工作？在我家？

「妳說這話是什麼意思啊？」

「咦？就是工作啊。」

就是聽不懂才問她，永藤卻只說我聽不懂的部分。

我們家的事業不是用「想來工作」的心態來做的，而且永藤的個性絕對不適合做這行。要說其他在我家工作的可能性……跟鄉四郎哥結婚？不不不。不可能。怎麼可能啊。

我忍不住感到作嘔。是說，永藤妳也別發呆了，再解釋得詳細一點啊。

永藤大概是感受到我強烈的視線，連她這樣個性的人也姑且做了些補充說明。

「來當傭人的話，不就每天都能跟妳在一起了嗎？」

「喔，是當傭人喔……不對不對不對。」

這也不是個好主意。我左右揮手表示拒絕。

「為怎摸（為什麼）？」

「呃，因為妳……感覺幫不上什麼忙。」

而且我們家的人雖然對客人很寬容，對在底下工作的人卻很嚴格。還有，讓家人跟老哥們和其他人使喚永藤，怎麼說……總覺得很不爽。

永藤就應該維持她隨心所欲的作風。

「才不會呢。每個家庭都該有個我喔。」

永藤抓緊機會學起機器人的動作。只看到妳胸部一直跳，一點也不有趣啦。

「我說妳啊……」

「而且～沒在日野身邊的話會很無聊，很寂寞，又會感覺超浪費時間。」

永藤接連彎下豎起的手指。明明只有三項，她卻彎下全部的手指，然後好像那是證據一樣擺給我看。

「妳看，根本沒半點好事。」

「…………………………」

她彎下的手指，被從紙門外照進來的光芒照亮。接著她張開手指，手指的影子便化作時鐘的秒針，延伸到榻榻米上。那座時鐘的指針一直指著同樣的時間不動。有種會聯想到夏日景色的感覺。

在威夷夏，會感覺到時間緩緩流逝。每受到涼爽的風吹拂，就覺得自己跟世界正在向前行。相對的，日本的夏天就如時間被關進日光形成的牢籠一般，有種頹廢感。但倚身在那股頹廢上時獨有的倦怠感，偶爾會令人覺得很舒適。

「然後，喔喔喔喔——日野——」

永藤像是突然想起了什麼似的抱住我。她用下巴磨蹭我的頭頂，同時緊緊抱住我。就好像在疼愛自己養的狗那樣。

這傢伙——

被她緊緊抱著，我說不出缺乏深思熟慮的話。

「感覺得到一種很柔和的熱。這就是威夷夏的陽光嗎？」

「沒錯。」

永藤抱緊我的頭，我從她手腕的白皙中感受到一種嬌豔，同時裝作不在乎地回答。

在威夷夏沒有的，永藤的懷裡——

我決定當作是那麼一回事。

「今天的安達同學」

「我們這次祭典也要擺攤，拜託妳嘍～」

「不好意思那天我有事。」

我正面拒絕打工地點的店長提出的要求。

「是很重要的事。」

我如此強調。唯獨這件事，我不能退讓。真有問題的話，被開除也無妨。

「嗯——」

店長露出假裝很傷腦筋的表情時，一個穿中國旗袍的女生從後面走了出來。

啊，話說回來，店裡還有這個後輩。這不是有人可以代替我了嗎？

「交給妳了。」

我深深低下頭，成功把顧攤的工作推給她。我不打算再次體會那種焦躁感。

於是，阻礙我生存意義的障礙就這樣被排除了。

很好。

第四話「飛翔」

因為盡寫著跟島村有關的事情，就命名為島村筆記本。
這命名方式很隨便。而我正為該怎麼寫下後續事項，煩惱得發出呻吟。
我思考到腦袋裡都發熱得快產生世上第二個太陽了。
夏日祭典該做些什麼才好？我直接逛過祭典的經驗非常之少。應該說，我在各方面上的經驗都不夠充足。我自從認識島村以後，不知道已經深刻體會到這點幾次了。就算現在開始學習，也全趕不及需要這些經驗的時刻。
即使如此，我還是只能每次都靠著不充足的知識，全力以赴。
先不管那個，何謂祭典？只要跟攤販買東西吃，觀賞煙火，就算好好享受祭典了嗎？然後在其間的空檔牽手、聊天，還有……我想不到。
這幾天有空的時候我都在仔細思考，想到最後，我在想是不是有些期待過頭了。實際上只是兩個人一起逛單純的祭典。這確實理所當然會讓我慌得想逃跑，不過我要克制自己抱持適度期待就好，避免放太多心力在這件事上，導致在結束後感到失望。而既然是這樣的活動，那一起吃些什麼、一起歡笑、一起感嘆煙火很漂亮，不就夠了嗎？
我終於得出這樣的結論，闔上了筆記本。想得太深入也只會白費工夫，偶爾不要多想什麼就上陣，或許也不壞。過往的各種失敗一個接一個浮現腦海，我一抱頭苦惱起來，浴衣的

袖子也隨著我手臂的動作發生摩擦。

我早早就穿好浴衣，做好了萬全準備。我穿穿脫脫好幾次，不斷重新穿上，就算儀容已經整理到我覺得滿意了，距離約好的時間也還很久。

窗外可以看見巨大的白晝之花——太陽。太陽帶著藍天開始西沉，沒有那麼亮眼的光輝充滿整個室內。黃昏時分感覺得到寒意。但我對於一天終於落幕感到鬆了口氣。這是以前有的狀況，是認識島村之前的事情。我有自覺，現在的自己跟那時候相比，幾乎是不同人。

坐立難安。視線在窗戶跟時鐘之間來來回回。

待在房間裡也是靜不下來，所以我決定先到會合地點等她。我每次都是這樣。最後再一次站到鏡子前面，確認浴衣穿得如何。腰帶的綁法我是照著查到的資料學，但這樣算有綁好嗎？高度也是這樣就可以了嗎？我左右擺動腰部做確認。髮型則跟平常一樣，不過等到要出發的時候，我才不經意在意起是不是再多下點工夫比較好。怎麼辦呢？我抓著頭髮猶豫。由於也有弄得很奇怪就重新弄過，然後就這麼無止盡地一直處理頭髮的可能性，與其隨便亂動髮型，不如就照平常的樣子去就好了，於是我決定就這樣前去赴約。

一走出房間，我就看到走廊有道長長的影子。那不是夕陽的陽光，是人影。

「哎呀……」

我撞見了不知道從哪裡返家的母親。母親好像對我穿著浴衣感到很驚訝。

我們彼此的動作變得很不自然，彷彿被線纏住了。

「妳要出門嗎？」

「……嗯。」

我無力點點往前傾的頭。胃漸漸開始作痛。

好想逃。好難受。好希望她走開。

心裡湧現了大概不該對家人抱有的感情。

我也曾想過自己為什麼會生在這個家。

我繼續伸長著脖子，打算跟母親擦肩而過。

就在途中。

「妳頭髮這樣看起來會很樸素。要幫妳綁嗎？」

我一開始很懷疑自己的耳朵。心想她在說什麼。

說這話的當事人也一臉尷尬，很不自在。

但她的提議漸漸滲透進我的心裡，我才慢慢了解她的意思。

我想起這個人是自己的母親，便語氣僵硬又小聲地——

帶著同時自然握起的拳頭，說：

「嗯……」

我接受了她的提議。母親默默踏出腳步，我也跟著走在她身後。

我感受到一股跟在島村面前時不同的沉重緊張感。

肌肉也沒有出現有如電流竄過的刺激，就只是變得非常緊繃。

一坐到鏡台前面，又更覺得有種壓迫感壓在肩上。母親也有些傷腦筋地瞇細雙眼，梳起我的頭髮。我差點要跟鏡子裡的母親對上眼，連忙撇開視線，對這種不知道該怎麼辦才好的不自在情境感到難受。感覺好像空氣變稀薄了一樣，快窒息了。

所謂家人，是這樣的存在嗎？

平常就沒怎麼對話，擠不出任何想說的話語。

母親一邊準備綁頭髮的髮圈，一邊問：

「祭典……妳是要跟朋友一起去嗎？」

「……嗯。」

我無法清楚地回應。可是，這樣是不行的。

「嗯。」

我重新以強而有力的語調回答。我在鏡子裡跟母親四目相交。我們連這樣的行為，都好久不曾有過了。

「這樣啊。」

母親看起來漠不關心地立刻低下頭，轉移視線。她這個舉動，跟我很相似。

她之後沉默不語地綁起我的頭髮，慢慢綁成新的髮型。

「這樣可以嗎？」

我摸著一旁綁好的辮子，回答一聲「嗯」。

我不可能有辦法說出「我不喜歡」。

我離開鏡子前面，帶著這股微妙的氣氛前往玄關。我穿上純粹為這天準備的竹皮草鞋，抱著無法徹底消化掉的浮躁心情準備往外走。

接著——

「慢走。」

我感覺有道聲音推了我的背部一把，讓我步伐踉蹌。

等我回過頭，母親已經在回去房間的路上了。

預料外的狀況打亂了我的內心，站不穩的雙腳差點打結。站穩腳步以後，一道不成聲的聲音在喉嚨裡來來去去。

我在沒有人的走廊上，緩緩揮手。

我不認為這件事會產生某種嶄新的開始。我知道現在才開始也不是辦法，也為時已晚。

不過，我並沒有覺得不快。

至少我還能高挺著胸走上出發的路途。

我原本想拿著腳踏車鑰匙出門，不過想想今天應該不需要它，就又放回玄關。本來掛在上面的鑰匙圈不知道什麼時候不見了。大概是因為我一直追尋著島村，追得沒空注意鑰匙圈吧。我不感到後悔。就算今後也會在自己的決定下失去一些事物，我肯定唯獨不會後悔自己

選了這條路。

我確信自己現在正在向前邁進。

我離開家，感覺腳步漸漸地、漸漸地變輕快。

我心想「走往祭典的步伐如此輕快有什麼不好？」，意氣風發地走著。

「嘟～因嘎洽嘟～因嘎洽。」

「…………………………………………」

「咕翁咕翁咕翁。」

母親說要幫我綁頭髮，結果一交給她綁就弄得我頭上很吵。她就不能安靜地綁嗎？

現在是陽光開始轉弱的黃昏時分，是個安靜得彷彿蟬聲被抹除的時段——本來應該是這樣的。在令人深有感慨的黃昏環繞下，她卻在化妝台前「咕翁咕翁咕翁」。我開始後悔，早知道還是自己綁就好了。

「不過，也好久沒弄妳的頭了呢。」

「是頭髮啦，頭髮。妳不要亂玩我的頭喔。」

如果會變得超聰明，我倒可以考慮允許她那樣做。不對，感覺這樣的母親會用玩模型的心態玩我的頭。

「上一次這樣幫妳弄頭髮，是國中畢業典禮的時候呢。」

母親暫時停止梳頭髮，把手放到我的頭上。

「妳又長高了嘛。」

「有嗎？」

「就只會愈長愈大隻。」

這時候不是該說「都長這麼大了……」，然後變得很感傷嗎？我們母女倆的互動真是一點感動都沒有。

「讓我來幫妳在頭上弄個大漩渦吧。說得直接點就是——」

「不要玩我的頭。」

「嘖。那我就幫妳弄一般的髮型啦。」

她像心裡很不滿的年輕人一樣，感覺心不甘情不願的。下次開始不要拜託她弄了。

雖然我不知道會不會有下次。

而最後綁出來的，是很一般的包包頭。我看鏡子確認綁得好不好看，大致上覺得滿意。

「這樣就好了。」

「妳這講法是怎樣啊？好吧，算了。嗯。」

母親對我伸出手掌。這是幹嘛？我俯視著她的手，接著——

「美髮沙龍費用總共三千圓的啦。」

「哈哈哈哈。」
「哈哈哈哈哈。」
「哈～哈哈。」
「哇哈哈哈。」
她一直不肯收手耶。我笑著對她感到傻眼。結果，我還是拗不過她。
「幫我記在帳上。」
「好。」
她真的寫在記事本上了。連開個玩笑都做得這麼徹底……這是個玩笑。
我假裝沒看到她這麼做，然後除了髮型以外，也確認一下浴衣。
這件白底浴衣上有向日葵圖案，腰帶是朱紅色。跟前陣子我妹和社妹穿的浴衣不同件。
「妳有好多浴衣。」
「都是媽給我的。話說，聽說妳跟媽變手機筆友了？」
母親一邊拿掉梳子上的頭髮，一邊問我。我也摸著瀏海回答她。
「啊，嗯。她有寄小剛的照片跟影片給我。」
「喔，小剛的啊。」
她的語氣聽起來滿不在乎。但是，卻又一口氣翻轉過來。
「要是小剛快撐不住了，妳也去看看牠吧。」

我回頭看她。母親拿著梳子，平淡地繼續說下去。
「到時候會帶妳過去找牠。」
「…………………………………………」
「啊，妳現在在想些很失禮的事情對吧。我不會生氣，妳說說看。」
「我在想，妳偶爾也會說些很有母親風範的話嘛。」
「喲～噫耶～」
她發出了怪聲，不過好像沒有生氣……她真的是個怪人耶。
我再確認一次髮型之後，就離開房間。我馬上遇到了在走廊上小跑步的我妹。
「啊，姊姊穿浴衣耶。」
她跑過來了。這下說不定撞見一個有點麻煩的傢伙了。雖然畢竟是在自己家，會遇到她也是理所當然啦。如果能直接順利走出門，那就再好不過了。
「妳又要去祭典嗎？」
「嗯，有朋友約我去。」
「……是喔……」
她看起來極度不滿。感覺隨時會開始吵著要我帶她去。
可是安達跟樽見不一樣，她一定不喜歡我帶別人去啊。而且我妹好像也不是很喜歡安達的樣子。

祭典是玩樂的地方，不是用來被人際交流搞得氣氛緊繃的地方。

真傷腦筋啊。我笑了笑想打圓場，這時候——

「好，那老媽帶妳去吧。」

晚一點才從房間出來的母親介入我們的對話，替我解圍。

她這份體貼讓我想到外婆。

「妳要帶她去？」

「今天可是老媽大顯身手的日子喔。」

原來平常沒有大顯身手啊。我雖然傻眼地發出「嘿嘿嘿」的笑聲，卻也沒來由地感覺心情愉快。我妹大概也因為聽到很稀奇的提議，面帶有些難為情的表情仰望母親……氣氛還不錯。

我無法用言語巧妙表達，但這是段讓人想長久沉浸其中的時光。

「好叫人期待呢。」

水藍色的頭從我妹身旁快速探出來。

她果然會不知不覺出現在我家。

淺桃色配上小花圖案，以及淡紫色的腰帶。跟其他經過的路人穿的浴衣相比，我覺得自己的浴衣沒有徹底抹去一種類似土氣的感覺，這只是我在杞人憂天嗎？這個花色是我在跟島村講過電話後，連忙衝去選的，但買回來後卻是愈來愈擔心。打電話問島村會比較好嗎？可是老是這樣做，會變成島村的換裝娃娃。

被島村拿來換裝。被她脫衣服。我聯想到魚乾。

「……我好蠢。」

我用手掌遮住臉，深感羞恥。要不是人在外面，我已經開始扭來扭去了。

我跟島村約好會合的地點，在煙火會場這條路一旁的飯店前面。飯店似乎來了很多觀光客，入口處接連有穿著浴衣的親子之類的客人走出來，往河川方向走去。河川堤防底下一帶，似乎在這個時間已經滿滿都是先占好位子的觀光客了。我沒有實際去看，但查出來的資料是這麼寫。我可以在極近距離下看見比美景更美的事物，所以我不執著於煙火。她可不可以趕快來呢？我好幾次看向剛才走來的路，以視線追尋走過的人影。

鎮上從黃昏進入些微深沉的夜晚，道路漸漸變得跟河川一樣呈現單一色彩。路上人影彷彿於河上漂流的燈籠，而我則在那樣的人潮中尋找島村。我有自信不管人再多，都有辦法找出她在哪裡。

這一次的煙火大會規模沒有我前陣子幫忙顧攤的那次大，不過鎮上依然環繞著一股熱鬧氣氛。大概是因為這座小鎮沒有其他特色，光是稍微有些人潮，就會眼花撩亂。大家是對這場煙火大會感到興奮與期待嗎？還是把注意力都放在一同前來的人身上呢？

不用明說，也能知道我是哪一種人。

不久後，我揮開飛過來的蚊子的手停了下來。

「啊……」

就算有其他穿得很像的人，也不會有任何影響。

我的注意力在一瞬間被吸引過去，其他人的存在在我眼裡變得模糊。

島村穿著浴衣這個意料外的狀況，給了我有如眼前提早施放煙火的衝擊。

我揮手回應對我揮揮手的島村，同時小跑步跑向她。跑步的期間，我的臉頰也開始發熱。即使臉頰的顏色變了，也因為太陽下山的關係讓島村不容易察覺，算是不幸中的大幸吧。

我快步跑到島村面前。島村笑著迎接跑向她的我。

她綁著包包頭，穿著跟我不同種類，卻是一樣有花朵圖案的浴衣。島村雖然跟平時完全不同，但她依然是島村，我自己也不知道自己在說什麼，不過我知道自己的眼神開始變得閃閃發亮了。我在她開口問之前，在開口問候之前，先老實說出感想。

「很……很可愛喔。」

「是嗎？」

我點頭好幾次。

「很可愛。」

我忍不住多說幾次。這股喜悅是怎麼回事？我不知道這是什麼感情。

「妳這樣講，感覺是不壞呢。」

在我的奮力誇獎下揚起嘴角的島村眼神游移，之後突然把拳頭輕放在手掌上。她晚了一步，才面帶微笑地說：

「安達妳也很可愛喔。」

我在聽到這句話的瞬間，體會到耳朵融化的感覺。

雖然有點在意一開始的空檔跟拳頭輕敲手掌的動作，但被她這麼一說，就等於是讓我的腦袋裡放起煙火。又是煙火啊。裡外都在放，也太熱鬧了。

島村伸手過來。我驚慌又好奇地看著她的手，心跳開始加速，接著她就用食指碰了我的辮子。她用指腹稍稍提起辮子的末端。頭髮在我的視野一角像掃把似的擺動。

「妳綁辮子很好看呢。妳自己綁的嗎？」

看來是因為我平常不會改變髮型，就被注意到了。我用有些僵硬的語調，回答：

「是媽媽……綁的。」

這個回答對島村來說果然很意外的樣子，她訝異得睜大了眼睛。

「是喔～」

「嗯……」

「喔～」

島村會不會驚訝得太誇張了？她們明明沒見過面啊。

「島村呢？」
她綁著包包頭，散發著成熟韻味。大概算很成熟。但是好可愛。
「喔，這個？我也是老媽幫忙綁的。」
我跟這麼說的島村四目相交，我們彼此都害羞地露出笑容。
「那走吧。」
「嗯。」
在她的催促下，我們肩並著肩，踏出腳步。我們也成了其中一個朦朧的黑影燈籠。
我偷看島村面不改色的側臉，手指自然而然張了開來。
不要貪心，也不是粗魯地搶過來，而是溫和地、輕輕地。朝下，要朝下——我意識著這一點伸出手，卻太過緊張，手指開始顫抖了起來。然後又沒拿捏好力道，不小心太用力地握住島村的手。啊——這場失敗慘到讓周遭的黑暗都聚集到眼睛上了。
跟我牽起手的島村看起來像是已經不在意這點了，只是露出苦笑。
「妳很笨拙呢。」
「對不起……」
我雖然有在反省，但也不放開她的手……咦？
「島村，妳剛才有跟誰牽過手嗎？」
島村的手掌上還留著外來的溫熱感。島村轉頭面對我。

「妳感覺得出來？真厲害，那我要撤回前言了。」

她的語氣聽起來像是真的感到很佩服。「啊，嗯，那個……」我心想自己是不是說了有些噁心的話，變得支支吾吾的，接著——

「因為我跟妹妹她們一起走到半路。」

「啊，原來如此……」

不是跟女同學一起來，讓我鬆了口氣。這樣啊，她妹妹也來了啊。不過她們沒有在一起，我可以解釋成是島村以我為優先嗎？

這樣解釋好嗎？我快開心到亂了陣腳了。

因為優先度高過家人，就表示，呃，很不得了。我的語彙能力太糟了。

當我暗自興奮時，島村有如下定了決心般轉身面向我，用空著的左手牽起我的手。

「這……這是要做什麼？」

「這隻手就不會感覺到其他溫度了嗎？」

「嗯。」

是島村最原本的溫度。

「這樣啊。到底是什麼概念啊，真的很那個呢。」

島村一副疑惑的樣子。看起來有一點點開心。她這句話究竟是對什麼事的感想呢？

「不過，妳還是一樣來得很早呢。」

島村調侃我真的很守時。我好像也不算是守時。

「可是太早來也是個問題呢。」

「咦！」

島村露齒微笑。

「距離開始放煙火還有一點時間喔，小妞。」

「啊……不不不，這樣也沒關係啊。」

因為多出的這段時間，就能多跟島村待在一起了。

我沒有給島村具體回答，而是握緊她的手。我感覺到島村的手在緩緩擺動。

我們就這樣一起走，來到了橋的附近。看著眼前擺設在這條路上的大批攤販，我差點就被人潮震懾住了。原來實際加入攤販外頭的世界，會有如此五彩繽紛的感受。燈籠的光芒以不至於惹人厭的亮度替夜晚化妝，增添色彩。

「妳打工的地方今天也有來擺攤嗎？」

「嗯。啊，我今天沒有排班，沒問題的。」

我左右揮手強調。「這樣啊。」島村不知為何晃了晃肩膀。

好了，該走哪邊呢。我正煩惱不知道該逛左邊還是右邊的攤販區時，稍微有點距離的地方傳來了一道很耳熟的年幼嗓音，說著「西瓜好吃」……我覺得好像有聽到這樣的聲音。我看到人山人海之中微微飄起不同光芒。那是淡淡的水藍色光芒。

「走……走這邊吧。」

我沒來由地指往反方向。「是可以啦。」島村老老實實地陪我一起往這邊走。

我們就這麼走到攤販前面時，旁邊又傳來了其他耳熟的聲音。

「嘿！嘿！來個章魚燒怎麼樣啊，嘿！嘿！」

我不禁看向這道叫賣聲的來源。

「啊。」「啊。」

不光是我，連島村也愣得張大了嘴巴。

在攤位裡招手的是之前遇過的占卜師。即使她人在夜晚與燈籠微弱燈光之間的狹縫，我也立刻就看見了她臉上的紅潮。島村也對她有反應，意思是島村也曾給她占卜過嗎？島村個性上不會對別人吐露煩惱，我很意外她會去依靠占卜……啊，可是她曾看過深夜節目的占卜，說不定其實對這類話題有興趣。占卜……有辦法變成我們之間的共同話題嗎？

「哎呀……妳的女伴換髮型了啊！」

占卜師的表情很平淡，語調聽來卻很有朝氣。女伴……女伴？

島村也愣住了。但馬上就不知道為什麼側眼看向我，說：「啊，原來如此……」

為什麼我會覺得她的嘴角看起來像勾起了一抹微笑呢？

「啊，妳們這個世代不知道嘉門達夫是吧，這樣啊。」（註：「妳的女伴換髮型了啊」源自嘉門達夫描述劈腿的歌曲《從鼻子流出牛奶》歌詞裡的「妳的男伴換髮型了啊」）

那算了——她用手表示把這個話題扔到一邊。
「先不管那個，嗯……原來如此。」
占卜師交互看向我跟島村，故弄玄虛地眼神一亮。
什麼事情「原來如此」？我有一瞬間差點陷入疑問當中，然後驚覺。
我想到包括跟這名占卜師商量的煩惱在內的各種事情，焦急了起來。
急到我不禁突然放開島村的手。
「妳認識她嗎？」
「與其說我認識她……應該說島村妳才認識她吧？」
我本來打算故作鎮定，但講完才發現自己講話的速度變很快。我的脖子開始冒出一陣悶熱。
「我只是在前陣子的祭典被她纏上了而已。」
「被纏上？」
我這麼說的同時，也把視線移到占卜師身上。要是這個占卜師張開她看起來不像會保密的嘴，滔滔不絕地把事情都講出來怎麼辦？我擔心得心神不寧。占卜師看我這樣，便放聲大笑。
「哈哈哈，沒問題的。我至少還知道有保密義務這檔事。」
我有一瞬間感到放心，卻在下一秒又變得鬱悶。既然知道的話，就不要說出口啊。

「保密義務？」

島村正如預料地對這句話有所反應。給我保密啊！

「呃～呃～嗯，啊，這味道……好香喔——」

我自己也知道這樣會很不自然，還是嘗試強硬改變話題。我踏著特別大的步伐，動作僵硬地移動到攤販前面。明明是占卜師的攤販卻只擺著食物，而且這個——

「雖然妳說是章魚燒……」

跟我一起察看的島村表露困惑。島村會看得說不出話是理所當然的，因為在台子上烤的是鯛魚燒。但不知道是不是包太多內餡，魚身的部分跟一般鯛魚燒比起來凹凹凸凸的情況很嚴重，外型不是很好看。

「可是妳賣的是不一樣的東西吧？」

「不不不。這個裡面有包章魚。」

「咦？」

占卜師往要賣的鯛魚？章魚？燒的臉咬一口之後，讓我們看裡面的內餡。

剖面裡確實看得見章魚。裡面裝了滿滿的章魚，感覺都要破皮而出了。魚身凹凹凸凸的部分內部似乎全部都是這些章魚。知道實情後再看看鯛魚燒鼓鼓的肚子，就感覺它像是消化不良。

「做開運章魚燒的時候把章魚省著用，結果剩了好多章魚，哈哈。」

占卜師聳了聳肩。我不禁跟島村面面相覷。

「妳們覺得這個新構想怎麼樣啊？有種會接連有年輕人被外表騙到的預感！」

島村輕鬆無視她的推銷，牽起我的手。

「啊……」

「聽好嘍～不可以跟這種人對上眼。」

島村牽著我，迅速從攤位前面離開。

「哎呀。」

聽到占卜師的嘆息，島村的雙腳又走得更快了。

而加速程度比她腳步更誇張的，是我的內心。那位占卜師間接讓島村主動握起了我的手。

這不是她一直到剛才也牽著我的手的問題。

是島村主動緊緊握住了我的手。重要的不是結果，是過程。

「話說回來，她好像說她專看手相的嘛。」

島村看著斜上方，有如想起了什麼似的低語。

「妳之前有給她看手相是嗎？」

島村側眼看向我。這時候說謊也沒意義，於是我承認有看過手相。

「之前有給她看一次。只有一次。」

我直直豎起食指。「那是該強調的部分嗎？」島村表示疑惑。

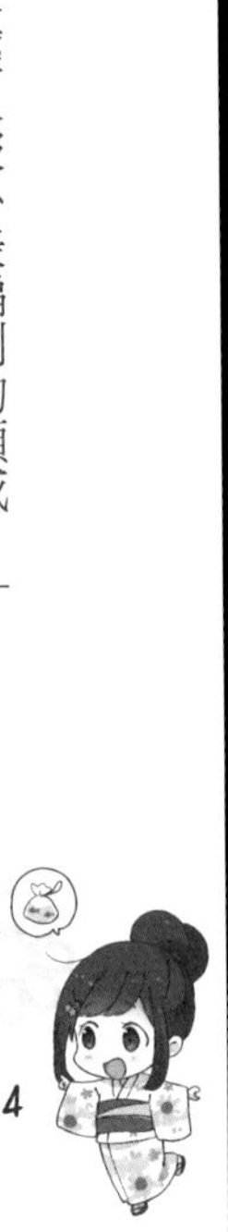

或許不是。

「她有跟妳說什麼很誇張的事情嗎？」

「很誇張的事情……」

我回想起當初給她占卜的情形。那時反倒是我喊得很大聲。

「與其說是她跟我說，不如說是她逼我說……」

「嗯？」

「那至少來個普通的章魚燒怎麼樣？」

「唔哇！」

她追上來了。占卜師拿著一盤章魚燒，並肩走在我們身旁。

她走得非常快，甚至有可能走超過我們。莫名其妙。

「這個是圓的喔。是圓的，這不是鯛魚，來吧，怎麼樣？」

「好啦好啦，我買。」

島村以一副覺得麻煩的模樣應對。她的態度如實表現了「我買就是了，滾一邊去」的感覺。

「謝～謝惠顧～」

占卜師留下一句半吊子體育系風格的道謝，回到攤位上。我感覺到有視線在看我，回頭一望，就看到占卜師正舉起手，彷彿在表達「加油！加油！加油！」似的替我打氣。不用做些不必要的事情啦——我作勢揮揮手趕她。同時，也覺得簡直像被看透了一切，使我的背部流出冷汗。難道我太容易理解到過了頭嗎？是吧——我俯視跟島村牽著的手。

「話說，妳是占卜什麼——」

「啊——！是……是蘋果……糖耶！」

雖然這樣敷衍太過勉強，但我已經停不下來了。我直衝賣蘋果糖的攤販。

其實我知道蘋果糖這種東西的名字，卻沒有吃過。

我被問到要什麼種類，也不知道原來還有分。我表示隨便哪一種都可以，買了蘋果糖。

「好像安達的臉一樣呢。」

島村毫不遲疑地從旁這麼對我說，而我也從溫度變化中感受到自己的臉正像她說的一樣逐漸變紅。當島村把蘋果糖拿在手上，事態準備告一段落時，隨即——

「話說，妳請她幫妳占卜什麼——」

「什錦燒——！」

後續情形就不多說了。買完以後，島村像是算好了時機般，笑說：

「我們來談談占卜唄。」

「我……我要這個水球！」

一陣慌亂之後。

「安達妹妹請人幫忙占卜了什麼事情呢～」

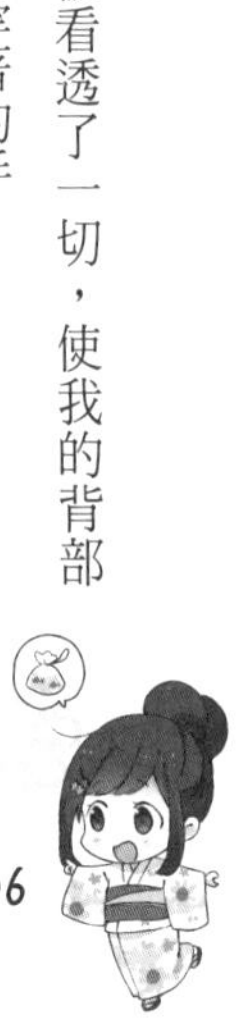

「……唔。」

就算是我，到了這個地步也會察覺島村的意圖。我有些忿恨地看著她。

「妳在玩弄我嗎？」

「好好玩。」

她面露微笑……島村開心的話就算了——結果我就這麼原諒了她的所作所為。

水球在島村的手邊彈來彈去……她很喜歡那個嗎？

不過一回過神，我們就已經買了章魚燒、蘋果糖跟什錦燒。這遠遠超過了可以輕鬆邊走邊吃的量。

「不知道有沒有哪裡可以坐。」

手拿著一盤章魚燒的島村轉頭尋找空位。這種狀況下，也實在沒辦法牽手。因此我有必須盡早吃完的理由。

「那邊……有座公園。」

我當然先探勘過祭典會場附近的環境了。雖然單純是因為我等不及，就在前一天來逛逛看。「交給妳帶路了。」她這麼說以後，我開始替她帶路。

把詳情告訴她，她應該會笑我像小孩子一樣，所以我沒說出口，但我很高興能被島村依賴。這是少數我能意識到平常跟自己無緣的，一種類似驕傲的心情的瞬間。

我保持著背部比平時挺得又更直一點的狀態，帶島村到公園。離橋有些距離，且擁有豐富自然環境的公園受到雜樹林環繞，遮住了祭典的亮光。本以為到離熱鬧的地方有一小段距離的地方，人潮也會減少，結果公園裡也有很多人。

公園的長椅很幸運地碰巧空下來了。我跟島村和離去的男女擦身而過，一起坐上長椅。不曉得是不是因為快要放煙火了，大家都往公園角落，也就是位在河川正面的地方移動。

由於跟祭典的燈光有點距離，我沒辦法徹底掌握有多少人，不過有非常多的人頭在動。感覺數量比攀在樹上的蟬還多。其中也能零星看見有女生跟女生一邊打鬧一邊等待煙火，那樣的景象不知為何令我感到放心。

「要從哪個開始吃？」

島村輪流看著蘋果糖跟章魚燒。

「那，先吃章魚燒。」

我選擇有吃過的那一種。我接過裝章魚燒的盤子，把一顆用牙籤插著的章魚燒直接送入嘴裡。雖然剛才沒有指定要加，不過淋在上頭的似乎是醬油。

章魚燒熱得無法整顆放進口中，於是我把章魚燒吹涼，咬下半顆。咬下去。然後發現不對勁。

「咦？」

我直直凝視被咬一口的章魚燒內餡的部分。

「怎麼了嗎？」

「裡面沒放章魚。」

剩下的一半也是看得到蔥，卻看不到章魚。

「咦咦？她明明說剩很多。」

島村感到困惑，可是又立刻露出淺淺笑容。

「啊，原來如此……」

「咦？」

「大概……是剩下來的章魚放太多到鯛魚燒裡了，結果換章魚燒沒章魚可以放。」

「……哈哈哈。」

我只有笑出聲，表情上沒怎麼笑。這是非笑不可的玩笑嗎？

沒有內餡的章魚燒除了湯汁沒什麼味道以外，還滿好吃的。吃完一半左右的時候，島村說著「來，還有這個」把蘋果糖遞給我。被咬過的蘋果糖流著像是蜜的液體。相對的，我也把剩下的章魚燒拿給島村。

接過的蘋果糖鮮紅的樣貌，震懾了我一段時間。

「原來蘋果糖真的是蘋果啊。」

「安達，妳在說什麼啊？」

是真的。接著，我忍不住注意起島村咬過的部分。島村咬下去，被吃掉一大口的地方。

事到如今，我才不會……為了這點小事……就冒出什麼想法。我們也輪流喝過同一杯飲料，沒問題的。我抱著這樣的想法，慎重地咬下去。有股酸甜口感慢慢傳遍口中。

什錦燒也大致各吃一半，而我吃得比較多一點，可以清楚感覺到胃部附近沉沉的。吃完的時候，人牆已經變得更加厚實，就像是看到已成熟的果實準備落下的情境。

再過不久就要施放煙火了。

「安達，妳玩得開心嗎？」

島村一邊玩著水球，一邊問我。跟島村獨處，我的內心不可能不感到雀躍。我心裡的興奮與悸動如水球似的彈跳著。

「嗯。」

「那就好。」

島村露出柔和的笑臉。她鬆懈神情散發出的稚嫩氣息，撼動了我的心。

「島村妳呢？」

我問她一樣的問題，島村便猶如早就料到我會這麼問般，立刻回答。

「很開心喔。」

妳看——她說著彈了彈水球。我不禁心想她只要有水球就夠了嗎？即使如此，既然她玩得開心，那我就比較放心了，但接著又換原本壓抑住的不安開始探出頭來。

要問嗎？我好猶豫。也感到害怕。但我還是按捺不住，些微放低視線問道。

「比……比前陣子……還開心嗎？」

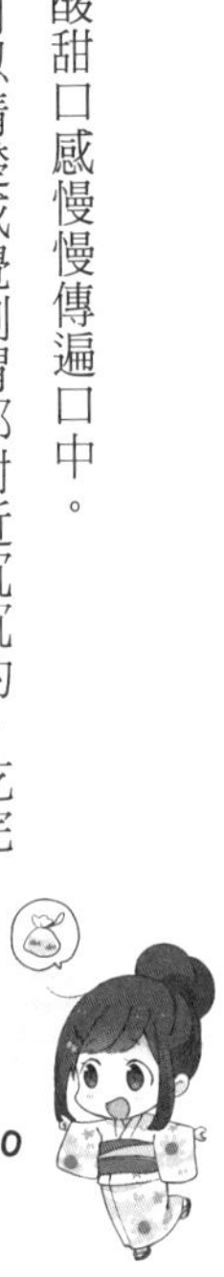

比起跟其他人來，跟我來有玩得比較充實。

我將一絲希望寄託在不斷彈跳的水球上詢問後，島村就掛起溫柔的微笑。

「或許吧。」

然後像是在安撫我的情緒一般，伸手摸摸我的頭。我感覺問題被她含糊帶過，心裡的不安依舊沒有消失。

不過我已經不想再逼問島村問到哭出來了，於是從長椅上站了起來。

我有必要先稍微遠離島村，在腦袋過熱前先進行冷卻。

「我收拾一下垃圾。」

「妳真貼心呢，麻煩妳了。」

我把島村留在長椅這邊，小跑步前往就在附近的垃圾桶。垃圾桶周邊散落著大概是丟歪了的垃圾。我一開始不打算多加理會，但總覺得無法就這樣放著不管，便動手整理了一下。我不是相信有神明存在，不過感覺做太多壞事，會沒辦法觸及自己的願望。終究是為了自己罷了。

清理完垃圾時，我快變得滾燙的腦袋也稍微鎮定下來了。我轉身朝向長椅的方向，打算回到島村那裡，就看到正彈著水球的島村臉上掛著笑容。

拉開距離再認真觀察一次，才發現——

前陣子的祭典，她沒有穿浴衣。

難不成是為了我，才穿浴衣過來嗎？

這樣也太自我感覺良好了……不對，可是，說不定……說不定——

「妳怎麼了嗎？怎麼僵在那邊不動？」

島村察覺我的異狀，開口問道。

啊——喉嚨深處發出一道彷彿在做事前練習的聲音。我先吞下這道聲音，然後——

「我在想……島村……好漂亮。」

「……謝謝。」

感覺講得算挺自然的。我表現不錯喔。我感受到脖子有相當湍急的血液流動。

接著島村又輕敲手掌，笑著說：

「妳也很漂亮喔～」

「謝……謝謝。」

講第二次，得到的感動也有那麼點變淡。這種想法是不是太奢侈了？

可是怎麼說，這次有些開場白嘛。

「啊，煙火！」

島村從長椅上站起來，指著斜上方。我跟著往上看去，發現天空充滿了光芒。

紅色的火焰飛散開來，描繪出綻放的花朵。

並刻畫進景色裡，以及夜晚裡。

大概是因為我平時都只是在遠處聆聽，煙火施放的聲音聽來意外深沉而強烈。

「哇……」

島村倒吸了一口氣。一段空檔後，煙火又伴隨著其他人的歡呼聲飛上天空。

「深紅色、暗紅色，再來是赭紅色的！」

我是不太懂，不過看到紅色系煙火接連炸開的島村看得很興奮。她往人牆方向踏出一步，接著又再踏出一步，以更靠近煙火。我的視線跟隨著被煙火照亮的島村，根本沒有認真看天空。

被束縛在夢幻色彩中的島村是如此端麗，又虛幻。

那刺激了我全身上下的肌膚、器官、眼淚。

以及形成身體的有機部分。

一股撼動身心，有如被過濾出來一般受過淨化的感情——

這股感情絲毫沒有要停下的意思。腦袋裡只想著要告訴她。

像嬰兒哭泣那樣坦率地告訴她。

發光物體飛行的模樣，引得肩膀隨之揚起。

我的思念，與煙火一同飛向天際。

「我……
喜歡……
妳——！」
我聽到她說「我喜歡妳」。
安達跟煙火一起迸發的思念，化為星火落在我身上。
我轉過身，背對煙火。
被接連施放的煙火照亮的安達依然張著嘴，就這麼僵在原地……難道她在等我回應？她不可能是在表達喜歡煙火，也就是說，這是——
是在對我說。
這好尷尬啊。氣氛好尷尬。
「那還……真是……謝謝妳啊——」
除了這句話以外，我還能怎麼說？
雖然我回應的音量跟安達比起來只有小蟲拍打翅膀那麼小聲，不過安達好像有聽到，臉色也跟著轉變。就跟接連往頭上飛去的煙火一樣不斷變色，像是回過神來了。
「唔哇，妳的表情好誇張。」

綠色安達跟橙色安達應該算真的很少見的稀有種吧？因為很稀奇，於是我往前走，想靠近看一下，結果安達也往後退開。面部抖（不斷發抖的意思）的安達直接踏出一兩步的助跑往後走，然後轉身奔跑起來。

「啊，妳要——」

去哪裡啊？總覺得之前也有過這種事。像是用狂奔的從我家逃跑，還有其他幾次也是。不可以在人潮裡面跑啊安達——我本來想阻止她，不過她跑得還真快。

安達像是希望消失在夜晚裡般，在黑夜中往煙火會場反方向奔馳。就算在心裡默念「快停下來、快停下來」，時間也不可能真的暫停，安達也不可能聽得見。我只能用跑的追她。

煙火的沉著聲響，變得愈來愈遠。

跑到今天當作會合地點的飯店前時，安達才終於停下步伐。她不是就這樣跌一跤，而是精疲力盡地癱倒在地。我承受著穿不習慣的草鞋帶給我腳趾間的疼痛，追上安達。我繞到正面，就看到安達那張蘋果似的臉抬頭看我。是已經看慣了的紅色安達。我說這樣會弄髒浴衣，對她伸出手。

我握住戰戰兢兢地伸過來的手，拉她起身。等她站好的時候，已經開始出現藍色安達的徵兆了。她頻繁變化的臉色，簡直就像在鎮上沒有的海中漂蕩。

「先冷靜下來吧。」

我把手放上她的肩膀。順便用螃蟹走法移動到飯店角落。大家都專心在看煙火，附近沒什麼人。但我們已經沒有餘力去管煙火了。

「冷靜下來了嗎？」

感覺我好像在對現在的安達說件強人所難的事。

「呼嗯。」

她的下顎在顫抖，無法好好回應我的問題。不過似乎至少恢復到可以回話了。

讓點綴夜空的煙火也顯得黯淡無光的安達炸彈，很像隨時會再點燃引信。

「妳亂跑很危險的。畢竟不是只有人，還有車子。知道了嗎？」

我先提醒她這一點。我在追她的時候心情七上八下的，擔心她要是遭遇意外就不好了。

安達有如被猛力拍過頭般垂著頭，說「對不起」。

我覺得自己豈止像她的姊姊，甚至變得像媽媽一樣。

「嗯。還有，那個，妳……呃……有話想對我說吧？」

我有點排斥當著她的面這麼講。安達用看起來像要打噴嚏的模樣張開嘴，用顫抖的嘴巴說：

「多……多阿——」

「拉？」

安達猛力搖頭。好像不是要說多阿拉（註：日本中日龍棒球隊吉祥物）。我想也不可能是要說多阿拉吧，嗯。

我的心跳也有些變快了。感覺像在害羞，又像是不知所措。

總之，這確實是種未知的體驗。

「多底——」

安達想說些什麼，卻立刻出了差錯。她似乎咬到舌頭了，眼角泛出淚水。

我本來想問她有沒有怎樣，但安達拒絕我的關心，放聲大喊。

「我……我喜歡……妳！啊！」

在煙火的火光下，我看見從咬傷的舌頭流出的血，與噴出的飛沫在空中共舞。

我沒想到會被同學吐著血告白。

再說，我也是第一次被人告白。以第一次來說，這給人的印象太過鮮明與強烈了，包括鮮血的顏色在內。

再加上這片隨著夏日祭典而生的溫暖光芒，令我對這段跳脫日常的體驗感到頭暈目眩。

「這樣啊。」

我點點頭，表示聽見她的告白了。

只有這樣？——感覺可以從安達的臉色變化中聽到她的哀號。

「妳等我一下。我需要思考。」

事情來得太突然，我的感情起伏跟不上事態發展。我雙手環胸，決定先認真思考看看。

可是面前的安達一直上下顫動，害我在意得不得了。好像引擎空轉一樣。她為什麼每個反應都那麼有趣呢？我都沒辦法集中精神了。

「那……安達妳對自己喜歡的人，也就是我有什麼期待呢？」

大概是因為就近看著安達驚慌失措的模樣，我的心境反倒跟她呈現對比，非常冷靜。

安達嚇得抖了一下。然後低著頭，吐露出自己的慾望。

「我希望……妳待在我身邊。」

「我就在妳身邊喔。」

「心裡……想著我。」

「我正在想著妳喔。」

安達迅速抬起頭。同時把蓋住眼睛的凌亂瀏海順勢甩開。

她的雙眼濕潤，猶如正中午的太陽那樣晃蕩。

「我希望妳……眼裡只有我。」

「……唔——」

最後是著眼在這方面上啊。只有我……「只有」啊。

把這些統整起來的話，簡單來說——

「就是『請妳跟我交往』的意思嗎？」

安達的肩膀跳了一下。我看見她的髮際線冒出汗水。

狠狠大鬧一番又激動過後，就算是晚上，也當然會覺得熱吧。

安達不知道是不是內心糾結到都忘記眨眼了，一動也不動。她好像正在整理思緒，思考「這樣真的沒關係嗎？」，所以我先等她一陣子。而在不知道經歷什麼樣的思考後，安達微微點了頭。

我喜歡妳，請妳跟我交往。

雖然其中伴隨了些許追趕戲碼跟吐血場面，不過她想說的話經過重整之後，其實很短。好了。

她說要交往，是什麼意思呢？

我跟安達都是女生。一般來說，要交往很奇怪。不是一般會有的行為。所以就一般人的角度來看，會變得很奇怪。雖然安達完全不會在意周遭人看法，但是……我會嗎？

就算遭受周遭人的冷言冷語跟冰冷視線，我依然能繼續牽著安達的手嗎？

如果我是打心底喜歡安達，肯定有辦法忍受吧。

「…………」

交往基本是男生跟女生做的事。一般而言是這樣。可即使跟男生交往，說到會不會生小孩，也不可能在這個年紀生。同個年代的男女會憑著其他的理由喜歡別人。

既然如此，就不是利益的問題了。

人際交流應該不是會考慮到利益的東西吧。

我很喜歡小剛。現在的我能夠承認這件事。我不是因為能得到什麼才喜歡牠，牠的毛髮、

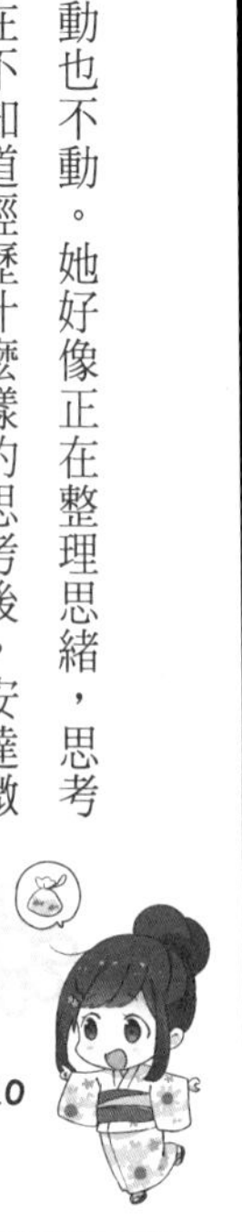

牠的純真無邪，以及牠的一舉一動，都很惹人憐愛。
喜歡上一個人的時刻，是會突然到來的。
沒有進行計算或妥協的餘地。
安達的心意，想必也是如此。
我不能蹧蹋她的心意。
假設要交往，就要牽手，要約會……咦？
跟現在有什麼不一樣？
「……沒有不一樣吧。」
差異——
一想到應該沒太大差別，心情就輕鬆下來了。
感覺像是以寬大的心胸包容這個事態。
「這樣不尋常對吧？」
安達窺探反應很慢的我。她低頭揚著視線看我，彷彿害怕被我責罵。
垂下的辮子晃了晃，我沒來由地覺得那樣很可愛。
「嗯。」
「很奇怪對吧？」
「嗯。」

「……妳不覺得不舒服嗎？」

我有些猶豫該怎麼回答。她問的是哪方面上的不快？

是社會方面、常識方面，還是——

「不——」

安達的表情有如肉被從骨頭上削下來，染成悲傷色彩。

橙色安達變成藍色安達。雖然這樣也是挺美的，但最後這樣作結，場面不太好看。

「是不會不舒服。」

雖然這句話是否定，但剛才的「不」不是在否定安達。

我懶得思考，伸手碰觸安達。

我雙眼看著安達。

我心裡想著安達。

沒有任何讓我感到排斥的事情。

安達的悲嘆融化的同時，我仰望夜空。

飛上天空的煙火前往的，是填滿世界縫隙的黑夜。不論在天空施放多少光芒，都無法窺視夜晚的彼端。唯獨時間，以及明日，才知道那裡的景象。

困難複雜又幾乎令人窒息的事情，一定會是明天的我去思考。

所以，今天的我——

「算了，就不管了。」

與煙火聲響一同冒出的答案，有確實傳進安達的耳裡嗎？

於是，我就這麼開始跟安達交往了。

後記

前陣子，我作了一個就算想選字也會跑出亂七八糟的漢字，讓我很困擾的夢。我的腦袋似乎沒有安裝ATOK。（註：一種選字精確性很高的日語輸入法）

太可惜了。

大家好，我是入間人間。最近空氣開始變冷了呢。呃，我寫這段話的時候是冬天。出版的時候，應該已經不是了吧。如果是別的季節就太好了。其實我算滿耐冷的，但遺憾的是身體一冷，手指會沒辦法靈活動作，就沒辦法打鍵盤了，所以很傷腦筋呢。這種事情沒辦法靠耐冷能力很強來解決。感覺自己有點像是《JOJO 冒險野郎》的白色相簿那樣。

先不管這個，《安達與島村》也來到第六集了。我沒有想好要寫到第幾集，總之不會在這一集結束，所以等續集出版後，也請各位多多關照了。

還有，雖然沒什麼關聯，不過真的有知道日野跟永藤的名字是什麼哏的世代在看這部作品嗎？感覺寫成片假名會更容易看出來。其他也有幾個人的名字是來自同個作品。但另外幾個名字是不同章節的就是了。（註：「晶」跟「妙子」為遊戲《LIVE A LIVE》近未來篇中的角色名稱，另外幾個則是西部篇的「桑喬、德洛斯、潘喬」）

感謝刊載在雜誌上時，自己寫的介紹頁面比作家多的一位實在很誠實的男人，也就是前總編；以及化身孫子好可愛爺爺的父親跟母親。另外，也感謝のん大人。也要感謝這部作品的責任編輯。簡單來說就是所有相關人士都要感謝。

非常謝謝各位的關照。

入間人間

Kadokawa Light Novels

美少女乃求斬之道

Kadokawa Fantastic Novels

作者：入間人間　插畫：珈琲貴族

揮斬日本刀的少女×失去「外形」的少年，
愛恨交織的正統超能力戰鬥，開幕!!

過去因「意外」雙手失去功能的女高中生春日透渴望殺人，欲將危害世界的「超能力者」趕盡殺絕。妨礙她斬殺超能力者的人，一概照斬不誤。今夜她仍是口銜日本刀四處遊盪，尋找獵物。但想不到，某天，一個從她刀下撿回性命的男子，為復仇而接近她……

NT$180/HK$55

台灣角川

Kadokawa Light Novels

虹色異星人

Kadokawa Fantastic Novels

作者：入間人間　插畫：左

由《說謊的男孩與壞掉的女孩》搭檔攜手獻上，
發生在地球上某處的小小星際交遊故事。

她若不是冷麵小偷，多半就是外星人了。接下來發生的，是在一個狹小的公寓房間裡與虹色異星人之間壯闊的第一類接觸——這個故事，早已從窗外、從外頭，從肚子裡開始。從太空來的彩虹，今天依舊溫暖。外星人和地球人都是這個宇宙的人。

台灣角川

NT$240/HK$75

Kadokawa Light Novels

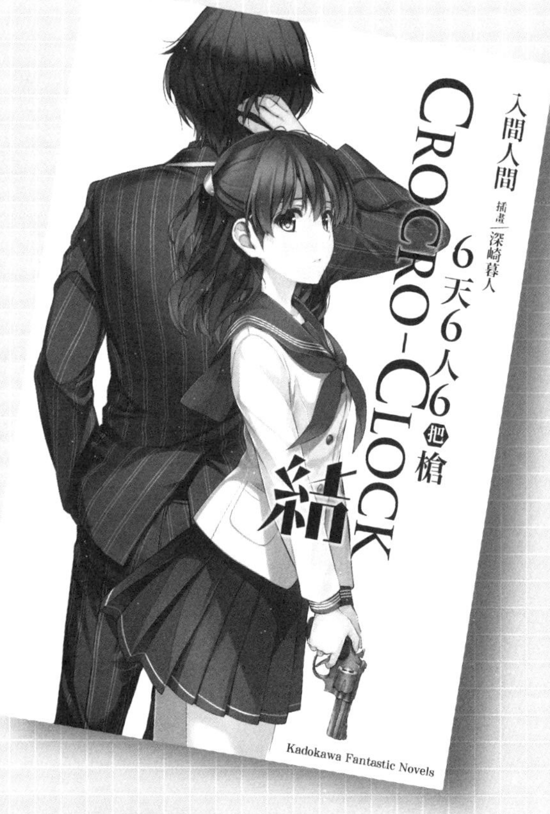

6天6人6把槍 1～結（完）

Kadokawa Fantastic Novels

作者：入間人間　插畫：深崎暮人

入間人間錯綜複雜的群像劇結局將至。
6人圍繞著6把手槍的命運將如何轉動？

槍枝販子委託首藤祐貴處理下一個目標。綠川圓子被迫收留金髮青年徒弟的妹妹和狗。黑田雪路與小泉明日香共進早餐。岩谷香菜遭到綁架，一線生機是圓滾滾的狗。花咲太郎與二条終一同找起香菜與圓滾滾的狗。時本美鈴纏上木曾川，理由是閒著沒事。

各 **NT$180~190/HK$55~58**

台灣角川

國家圖書館出版品預行編目資料

安達與島村 / 入間人間作 ; 蒼貓譯. -- 初版. --
臺北市 : 臺灣角川, 2017.05-
冊 ; 公分
譯自 : 安達としまむら
ISBN 978-986-473-680-5(第6冊 : 平裝)

861.57 106004551

Kadokawa
Fantastic
Novels

安達與島村 6

（原著名：安達としまむら 6）

2017年8月10日　初版第1刷發行
2024年3月22日　初版第7刷發行

作　　者：入間人間
插　　畫：のん
日版設計：鎌部善彥
譯　　者：蒼貓

發 行 人：台灣角川股份有限公司
總　　監：呂慧君
總 編 輯：蔡佩芬
主　　編：林秀儒
編　　輯：黎夢萍
設計指導：陳晞叡
美術設計：黃永漢
印　　務：李明修（主任）、張加恩（主任）、張凱棋

發 行 所：台灣角川股份有限公司
地　　址：104台北市中山區松江路223號3樓
電　　話：（02）2515-3000
傳　　真：（02）2515-0033
網　　址：www.kadokawa.com.tw
劃撥帳戶：台灣角川股份有限公司
劃撥帳號：19487412
法律顧問：有澤法律事務所
製　　版：巨茂科技印刷有限公司
ＩＳＢＮ：978-986-473-680-5